光文社文庫

文庫書下ろし

# ちびねこ亭の思い出ごはん

## 茶トラ猫とたんぽぽコーヒー

高橋由太



光　文　社

この作品は光文社文庫のために書下ろされました。

# 目次

# きなこと厚切りフレンチトースト

富津《ふっつ》市立図書館

「気軽に立ち寄れる、出会い・学び・憩《いこ》いの場」をコンセプトとした図書館が誕生します。

図書館を利用するために図書館に行くという従来のスタイルから、幅広い世代の人が気軽に立ち寄れ、日常の生活圏に溶け込むスタイルの図書館を実現し、利用者の居場所づくりと、ふだん本にあまり親しみのない人にも本と接する機会を提供いたします。

（イオンモール富津公式ホームページより）

門奈《もんな》かりんがパンを好きになったのは、田舎《いなか》に住んでいる母方の祖母の影響だ。ちなみに、父方の祖父母は、かりんが生まれる前に他界していて、写真でしか見たことがなかった。

かりんが小学校六年生のとき、今度は祖父が病気で死んでしまった。ずっと入院していた。何度かお見舞いに行ったが、最後のほうはしゃべることもできなくなっていた。

こうして、祖母は独りぼっちになった。千葉の内房の町にある、祖父の建てた古い家で一人暮らしをしている。いや、犬を飼っているからふたり暮らしか。

かりんの両親は、ずっと祖母を心配している。東京のマンションに来ませんか、同居しましょうと何度も誘っているが、祖母はそのたびに祖父と暮らした家から離れたくないと拒むのだった。

「歳《とし》を取るとね、昔の思い出がすごく大切に思えるようになるの。たくさんの時間をすごした場所から離れたくなくなるのよ」

何となくだけど、その気持ちはわかった。ずっと内房で暮らしているのだから、友達や顔見知りだっているだろう。都会で暮らしたくないのかもしれない。

かりんは、祖母のことが大好きだった。物心ついたときから、ずっと、おばあちゃん子だ。夏休みや冬休みになると、両親にせがんで祖母の家に泊まりにいった。小学生のころは父母と一緒に行っていたが、中学生になると一人で行くことも増えた。かりんの両親は仕事で忙しく、休みを取るのが難しいときがあるからだ。

初めて一人で祖母の家に行ったのは、中学校二年生のときだ。両親は心配したけれど、千葉県は東京都の隣にある。電車だって快速を使えるし、東京駅から乗り換えなしで行ける。

「ディズニーランドに行くのと、そんなに違わないから大丈夫」

一人で行ってみたかったのだろう。大人ぶりたい年齢だったのかもしれない。かりんにだって、そんなころはあった。

親と一緒に行っても、一人で行っても、祖母はかりんを歓迎してくれた。祖母は料理上手で、よくパンを焼いてくれた。できたてのパンは熱々で、世界で一番美味《おい》しいと思った記憶がある。

「おばあちゃん、すごいね」

「全然、すごくないよ。だって今は道具がいいから、誰でも上手に焼けるんだよ」

「ふうん。わたしにもできるかなあ」

「できるよ」

そう言って、パンの焼き方を教えてくれた。中学校に入ったばかりのころの話だったと思う。そのうち、一人で焼けるようになったけれど、祖母みたいに美味しいパンは作れなかった。

美味しいパンを焼けるようになりたい。そして、祖母に食べさせてあげたい。かりんの夢になった。

◯

かりんは十八歳になり、都内の女子高に通っている。歴史のある進学校で、東京大学や京都大学など難関国立大学の合格者を毎年出すようなところだった。そんな学校に行っていて成績も悪くなかったのに、専門学校に行こうと決めた。パン職人になるためだ。夢を叶《かな》えようとした。

だが担任教師は大学進学をすすめた。

「将来、後悔するんじゃないかな」

と柔らかい口調ながら、かりんを脅かすようなことまで言った。一度ではなく、何度か言われた。

担任教師の言うことは理解できるし、国立大学を出て公務員になると決めているクラスメートもいた。公務員になれば、安定した生活を送ることができるのかもしれない。けれど、かりんは意志を曲げなかった。パン職人以外になりたいものはなかったし、大学の勉強にも興味がなかったからだ。教師のアドバイスには従わずに専門学校へ行くことにした。

両親はかりんの好きにさせてくれた。父母ともに一級建築士で、都内で新築マンションを購入できるくらいには成功している。両親そろって大学を経ずに建築士の資格を取ったことと関係しているのかもしれない。もともと学歴や学校のレベルを気にしない人たちだし、何より一人娘に甘かった。

こんなふうにして調理師専門学校に進んだ。都内にある有名な専門学校だったけれど、かりんの通っていた高校からの入学者はいなかった。

顔見知りがいないことを寂しく思う暇もないくらい忙しかった。遊んでいる人間もいたが、全体的に真面目《まじめ》でレベルが高かった。栄養学の知識も身に付け、充実した学生生活を送った。

二年は短い。かりんは二十歳になり、あっという間に専門学校を卒業する時期になった。小さくてもいいから、自分の店を持ちたい。パン屋さんをやりたい。そう思うようになっていた。

当たり前だけど、専門学校を卒業してすぐに開業するのは無理だ。パン作りの腕も未熟だし、経営なんて絶対にできない。勉強しなければならないことが、たくさんあった。

だから修業のつもりで就職することにした。いずれ独立するつもりで就職するのは、この業界では珍しい話ではない。

力試しのつもりで、誰もが知っている老舗《しにせ》ベーカリーの採用試験を受けた。全国に支店があって、デパートでもお馴染《なじ》みのパン屋である。当然のように倍率は高く、しかも毎年採用者が出るわけではないという。

かなりの狭き門だった。でも、かりんはそんなベーカリーに正社員として採用された。

「すごいじゃないか」

「あら、当然よ。専門学校の成績だってよかったんですもの」

両親は喜んでくれた。母の言うように、かりんの成績は抜群で、在学中に大きなパン作りコンクールでも入賞していた。

「そんなの、たいしたことないから。コンクールも就職できたのも、たまたま運がよかっただけだよ」

口ではそう謙遜《けんそん》したが、やっぱり鼻が高かった。パン作りの素質を見込まれて、有名ベーカリーに就職できたと思っていた。

だが、違った。そうではなかった。かりんは世間知らずで、世の中のことを何もわかっていなかった。

○

専門学校を卒業し、パン職人としての日々が始まった。最初は、下働きの雑用係から始まるものだと思っていた。少なくとも店頭に並ぶパンを作るのは、ずっと先のことだと思っていた。

しかし、その予想は外れる。一ヶ月程度の研修を終えると、いきなり本店に配属された。閉店後の掃除をしていると、いきなり若社長に声をかけられた。

「かりんちゃん、これからパンを焼いてもらえるかな」

彼は、創業者の息子——このベーカリーの跡取りだ。まだ三十歳にもなっていないのに、社長を継いだ。パン職人ということになっているが、どこかで修業したわけでもなく、ハイブランドのスーツを着て店に出るような男だった。

かりんは、若社長が苦手だった。はっきり言ってしまえば、嫌いなタイプだ。人間としても、パン職人としても尊敬できない。

誰の目から見ても明らかなほどに、若社長のパン作りの技量は劣っている。そのくせ奇抜なパンばかりを作りたがる。今年のバレンタインデーには、最高級のチョコレートを大量に使って、巨大なハート形のチョコパンを作り、五千円からの値段で売り出した。もちろん売れなかった。売れるはずがない。

チョコパンにかぎらず、若社長に代替わりしてから、味が落ちたと噂《うわさ》を立てられている。

ちなみに代替わりしたのは、かりんの入社が決まってからで、先代の社長が入院したことがきっかけだったという。どうやら重い病気にかかっていて、復帰は望めないらしい。代替わりする前から体調が悪く、現場には出ていなかったようだ。

かりんは、先代の社長が作るパンが好きだった。「進化系クロワッサン」と呼ばれるニューヨーク発の流行のパンを作る一方で、クリームパンやメロンパンという昔ながらのパンがたくさん並んでいて、食べると懐かしい気持ちになった。昔ながらのパンに派手さはなかったけれど、毎日食べても飽きない味だった。

若社長はその味を引き継ごうとしなかった。社長に就任すると、役員を集めてこう宣言したらしい。

「親父の作るパンは時代遅れだ。これからは、おれがパンを作る。古くさいパンは、この店には置かない」

そして古株のパン職人を解雇してしまった。早期退職を募った形を取ったが、父親の代からいるベテランを排除しようとしているのは明らかだった。ベテランの職人や経理担当者を閑職《かんしょく》に回すような真似もしたらしい。そんなことをすれば嫌気が差す。職人だけでなく、骨のある人間は全員辞めてしまった。若社長の周囲に残ったのは、イエスマンばかりだ。

それを知ったのは、入社してからだった。味が落ちていることは知っていたが、まさか内部崩壊を起こしているとは思わなかった。ここまで様変わりしているとは思わなかった。

もちろん社員でいる以上、業務命令には従わなければならない。若社長は苦手だが、かりんの焼いたパンの味を見てくれるというのだから、チャンスと言っていい。職人としてアピールするチャンスだ。

そう思った自分は、バカだった。

救えないほどのバカだ。

この期に及んで、まだ、パン作りの実力を買われて採用されたと思っていたのだから。

パンを作る場所をどう呼ぶかは店によって異なる。「厨房」「作業場《さぎょうば》」と呼ぶ店もあるようだ。

入院中の元社長は「工房」と称していた。趣《おもむき》のある呼び方だと思うが、若社長はそれすら嫌った。古くさい、というのだ。だから、今では「キッチン」と呼ぶようになった。何もかもを新しくしなければ気が済まないらしい。

かりんは、そのキッチンに呼ばれた。東京でも指折りの名店だけあって広々としていて、調理器具も最新だ。閉店後だからなのか、もしくは若社長が人払いしたからなのか、キッチンには誰もいない。そんな状況に戸惑いながら、かりんはお伺いを立てた。

「どんなパンを作ればよろしいでしょうか？」

課題を聞くつもりで質問をした。初心者が作りやすいのは丸パンやロールパンだと言われているが、ここは老舗ベーカリーで、かりんはパン職人として採用された身だ。無理難題をふっかけられても文句は言えない。また、それなりに自信もあった。専門学校の教科書に載っていたものなら、レシピを見なくても一通り作ることができる。

「何でもいいけど、派手なやつがいいな。ニューヨークロールとか」

適当な感じで命じられた。いかにも若社長が選びそうなパンだった。「クロワッサンロール」「デニッシュロール」とも呼ばれ、SNSで話題になっている。

店によって違いはあるが、デニッシュ生地を渦巻《うずまき》状の円形にして焼くのが基本だ。手のひらに載る程度のサイズが多いだろうか。チョコレートや生クリーム、ジャムなどが入っていて、白や緑などカラフルなアイシングがかかっており、さらにピスタチオなどのナッツがトッピングされていることが多い。

先代の社長が作っていた進化系クロワッサンの一種だが、若社長はそこには触れなかった。

「SNS映《ば》えする感じでよろしく」

そう言いながら、若社長はスマホを胸ポケットから取り出した。急な連絡でも入ったのかと思っていると、かりんにスマホを向け、言った。

「YouTube に投稿するから」

「え?」

驚いて、声が出た。きっと目が丸くなっていただろう。若社長は撮影しながら、面白がっている。

「うちの店でYouTubeをやってるのは知ってるよね。今度、職人を紹介しようと思ってさ」

「でも、どうして、わたしなんかを……？」

戸惑いながら質問した。店の宣伝のためのYouTubeなのだから、属している以上、協力するのは当然だと思う。けれど、かりんは入ったばかりで、まだ店頭に並ぶようなパンは焼いていない。もっと相応《ふさわ》しい人間がいるはずだ。

「若い女の子は、かりんちゃんしかいないから」

若社長の返事は明確だった。この台詞《せりふ》自体、現在ではセクハラに該当するように思えるが、若社長は気にしていない。また、かりんを呼んだ理由をごまかすつもりもないようだ。スマホでの撮影を中止し、説明を始めた。

「最近、うるさくてね」

女性の雇用のことを言っているらしい。近年、各業界で女性の活躍がクローズアップされ、国も『女性の職業生活における活躍の推進に関する法律』を施行するなど、女性の働きやすい社会を目指している。

「うちってさ、海外にも店を出してるでしょ？　けっこう言われちゃうわけ。体質が古いですねとか」

そのときのことを思い出したのか、若社長が苦い顔をした。だが、その指摘は間違っていない。職人の世界は、いまだに古い男社会だ。このベーカリーにしてもそうだった。例えば、職人のほぼすべては男性だった。特に年上の職人は男性ばかりだ。女性の入社がないわけではないけれど、売り場や経理に回されるケースが多かった。

もちろん、売り場も重要な仕事だ。しかし、職人として入った人間を売り場に回すのは納得できない。一時的な措置ならともかく、そのままパン作りにかかわれなくなるケースもあると聞いていた。

「それでね、動画を撮ってアピールしておこうと思ったんだ。若い女性の職人もいるんだぞ、って」

若社長はどこまでも軽い。正直と言えば聞こえがいいけれど、他人の気持ちを思いやることができないのだ。嘘《うそ》をつかない人間は、そうすることが楽だから嘘をつかないだけだ。気が進まなかったが、社長には逆らえない。世の中、綺麗事《きれいごと》だけでは渡っていけないと思っている。

「今からニューヨークロールを作るとなると、かなり時間がかかりますが」

そんな動画に出たくないと伝えたつもりだが、控え目過ぎたようだ。若社長には、一ミリも伝わらなかった。

「大丈夫。発酵も済んでいるやつがあるから」

他の職人が作ったものだ。それを使えと言っている。

「勝手に使うわけには……」

「それも大丈夫。動画撮影のために作らせたものだから」

若社長は事もなげに言った。かりんに何の相談もなく、準備していたのだ。完全に人形扱いされている。

「アイシングとトッピングは任せたよ。女性らしい綺麗な感じでお願い。あと、生地をこねるシーンがほしいから、適当にこねてくれる」

もはや、反論する気力はなかった。かりんは言われるがまま、スマホの前で生地をこねた。

心が折れかけていたが、それでも精いっぱいニューヨークロールを完成させようとがんばった。緑、白、ピンクのアイシングでデコレーションし、ピスタチオやアーモンド、チョコスプレーで彩った。

自分で作ったとは思えないけれど、とても綺麗に仕上げることができた。どんな理由があろうとも、パンを作るのは楽しい作業だ。かりんは、パンが大好きだった。美味しそうなパンを見ているだけで幸せになる。

だが、若社長はできあがったニューヨークロールをまともに見なかった。動画撮影が終わったあとも、スマホをいじり続け、かりんと目を合わせることもなく、文字通りの片手間に言った。

「お疲れ。適当に片付けておいて」

さっさとキッチンから出ていこうとする。かりんは、若社長の背中に疑問をぶつけた。

「あの、パンは……」

「もう必要ないから、廃棄しておいて」

捨てろ、ということだ。そう言われただけなら耐えられたかもしれない。我慢できたかもしれない。

だが、最後にダメ押しの言葉があった。若社長が、どうでもいいことを付け加えるように言った。

「あ、そうそう。うちの会社がYouTubeに力を入れてるのは知ってるよね。番組進行に若い女性がほしいから、そっちに異動ね。来月からメディア戦略室だから、そのつもりでいて」

「メディア戦略室……」

かりんは呆然と呟《つぶや》いた。若社長が新しく作った部署だ。そこでタレントもどきをやれと言っているのだった。

「あの、パンは……」

さっきと同じ言葉が口を突いて出た。SNSでの宣伝が重要なのは理解できるが、かりんはパン職人になりたくて、このベーカリーに入ったのだ。

「もう作らなくていいよ。かりんちゃんだって、YouTubeで人気者になったほうがいいでしょう」

そう言うと、今度こそキッチンから出ていった。かりんの意見を聞くつもりはないようだった。

そして、かりんは独りぼっちになった。誰かが入ってくる気配はない。みんな、帰ってしまったのかもしれない。

目の前には完成したばかりのニューヨークロールがある。それらを業務用のゴミ箱に放り込もうとして、手が止まった。捨てることができなかった。どうしても捨てることができない。

かりんは、ニューヨークロールを袋に詰め、掃除をせずにキッチンから出た。パンを持ち帰ることは禁止されていたが、そんな規則はどうでもよかった。そのまま家に帰り、

「ごめんね、ごめんね」と言いながらパンを食べた。泣きながらニューヨークロールを食べた。

その翌日、かりんはベーカリーを辞めた。止める者はおらず、若社長はこっちを見もしなかった。

ベーカリーを辞めて帰る道すがら、かりんは高校生のときに担任から言われた言葉を思い出した。

将来、後悔するんじゃないかな。

教師の言葉は正しかった。今になって思うと、それは予言だった。かりんは、パン職人になったことを後悔している。

○

人は、些細《ささい》なことで転ぶ。辛《つら》い記憶で身体《からだ》が動かなくなることもある。女性だからという理由で採用され、意思のない人形のように扱われたことが悲しかった。「もう必要ないから、廃棄しておいて」と言われたニューヨークロールに、自分の姿が重なって見えた。

それでも働こうと、再就職先を求めてネットの海を彷徨《さまよ》った。求人サイトには、たくさんの仕事があった。ただ、条件が書かれていても内実はわからない。

どこで働けばいいのかわからなくなって、母に相談したが、「どこの会社でも多かれ少なかれあることだ」と言われ、いっそう働くことが怖くなった。

パン職人以外の道も考えたが、夢を捨てきれない自分がいた。捨てたと思っても、捨てきれないのが夢なのかもしれない。殻に閉じこもり、部屋から出ない日が増えた。

そんな日々を過ごしているうちに、季節が変わった。そのころ、かりんの傷ついた心に追い打ちをかけるような出来事が起こった。大好きな祖母が亡くなってしまったのだ。

○

「本当にパン屋さんになるなんて、かりんちゃんはすごいわねえ」

就職が決まったとき、祖母は喜んでくれた。かりんは一人で電車に乗って、内房の町にある彼女の家まで報告に行った。それくらい嬉《うれ》しかったのだ。パン屋さんになれることを、大好きな祖母に聞いてほしかった。

彼女は会社で働いたことがない。高校を出てすぐに結婚し、それ以来ずっと専業主婦だった。今も祖父の残した貯金と年金で生活している。ただ、祖母は料理が上手で、パンやお菓子を作るのも上手だ。

このときも、焼き立てのパンを美味しくアレンジして出してくれた。千葉県は酪農が盛んで、美味しいバターが手に入る。また、「菜の花エッグ」という君津《きみつ》市の新鮮なたまごを使っていた。どんな料理でもそうだろうが、材料は重要だ。味のよしあしの大部分が決まる。

「すごくないよ。まだ、ぜんぜん下手《へた》だし。おばあちゃんの焼いたパンのほうが美味しいもん」

本音だった。どこかで勉強したわけでもないだろうに、祖母の焼いたパンはすごく美味しい。自分も下手ではないと思うけれど、祖母のパンのような美味しさは出せなかった。優しくて、心が温かくなるようなパンは彼女にしか作れない。

「そんなことないわよ。でも褒めてくれてありがとう」

祖母は微笑《ほほえ》んだ。いつにも増して優しい笑顔だった。その表情のまま、かりんに言う。

「かりんちゃんの作ったパンを食べてみたいわ。いつか作ってくれる？」

パンを焼く手伝いをしたことはあったが、かりんが一人で作ったパンを食べてもらったことはなかった。

今すぐにでも焼くことはできるけれど、そういう意味ではなかろう。きっと、一人前のパン職人になった、かりんのパンを食べたいと言っているのだ。

「うん。美味しく焼けるようになったら、おばあちゃんに食べてもらう。たくさん、たくさん食べてもらうから」

「楽しみに待っているわ」

「それじゃあ約束」

「指切りげんまんね」

祖母は小指を差し出した。保育園くらいのころに、祖母とこうして遊んだことを思い出す。そのときに何の約束をしたのかはおぼえていないが、彼女に教えてもらった歌は忘れていなかった。

かりんは自分の小指を祖母のそれに絡めて、そのわらべ歌を口ずさんだ。祖母と二人で歌った。

指切りげんまん
嘘ついたら針千本飲ます

その約束を果たせないまま、美味しいパンを焼けるようになる前に、かりんはベーカリーを辞めた。大好きな祖母をがっかりさせたくなくて、退職したことを言えずにいた。合わせる顔がなくて、会いに行くことさえできなかった。

そんなふうにしているあいだに、祖母は死んでしまった。七月のある朝早く、庭先で脳梗塞を起こしたのだった。近所の人が気づいたときには、もう息をしていなかったという。

人は簡単に死んでしまう。もう、約束を果たすことはできない。

○

買ったばかりの似合わない喪服を着て、祖母の葬式に出た。両親と一緒に内房の町へ行った。

かりんの知らないあいだに、祖母は葬儀の生前予約をしていた。生前予約とは、生きているうちに自分の葬儀の内容を決め手続きをしておくことで、遺族の負担を軽減するためのものだ。

どうしてわかったのかと言えば、書類が残されていたからだ。近いうちに死ぬことを予想していたわけではあるまいが、銀行や土地関係の書類、保険証書、連絡先リストなどと一緒に綺麗に整理されていた。

本人の希望通りの小さな葬式が行われ、四十九日を待たずにお墓に納められた。このあたりでは、火葬したその日のうちに納骨する風習があるという。

祖母の家は古い一軒家で人見山《ひとみやま》の麓《ふもと》にあった。小糸川《こいとがわ》まで歩いて五分とかからない場所で、東京湾もすぐ近くにある。

住む人間がいなくなってしまったが、両親もすぐに取り壊すつもりはないようだ。費用もかかるし、祖母を悼《いた》む気持ちもあるだろう。突然の死を受け入れるのは難しい。

それ以上に問題だったのは、祖母の飼っていた老犬の「ハヤト」だ。もともとは捨て犬だったらしく、保健所から引き取ってきた。オスで、外見は柴に見える。

かりんが高校生だったころから飼われていて、仲よしだ。祖母と自分とハヤトで、海辺まで何度も散歩した。砂浜をグラウンドに見立てて走り、ハヤトと競争したこともある。そのころは、ハヤトのほうがずっと速かった。

今ではすっかりおじいちゃんになっていて、祖母が死んでから隣家の人が世話をしてくれている。もちろん、ずっと任せるわけにはいかない。それでも、祖母の葬式が終わるまで世話を頼むことができた。葬式のあと、ハヤトを引き取りにいくと、隣家の人は祖母の死を悼んでくれた。

人が死ぬと、いくつかの手続きが必要になる。ましてや祖母は別の場所に家を構えていたのだから、届出だけでなく近所や自治会などにも挨拶《あいさつ》に行かなければならない。

両親とかりんは、しばらく祖母の家で寝泊まりすることになった。父母が役所や銀行などに行っているあいだ、かりんはハヤトと留守番をした。テレビやスマホを見る気になれず、老犬と話した。

「おばあちゃん、いなくなっちゃったね」

「くぅん」

ちゃんと返事をするけど、元気がなかった。祖母がいなくなって、途方に暮れているようにも見える。ずっとふたりで暮らしていて、母親みたいなものだったのだから当然だ。

「心配しなくても大丈夫だよ。お父さんとお母さんが、ハヤトを東京に連れていくって言ってたから。一緒に暮らそうね」

かりんは励ますように言った。犬を飼ったことはなかったけれど、ハヤトを見捨てることはできなかった。

「くぅん……」

老犬が悲しげに鳴いた。たまたまだろうが、首を小さく横に振るようなしぐさをした。嫌がっているのだろうか？

そう思った瞬間、祖母の言葉が耳の奥でよみがえった。

歳を取るとね、昔の思い出がすごく大切に思えるようになるの。たくさんの時間をすごした場所から離れたくなくなるのよ。

きっと、ハヤトも同じだ。

この家で暮らしてきたのだから、祖母とふたりで生きてきたのだから、離れたくないに決まっている。ここには、祖母のにおいや一緒にすごした思い出が残っている。優しい時間の名残《なごり》がある。

それを取り上げることはできない。そんな権利は、自分にはない。かりんの父母にもない。だから言った。気づいたときには言っていた。

「東京に行くのをやめて、ここで――このお家で、わたしと一緒に暮らそうか？」

「くぅん」

ハヤトが返事をした。相変わらず寂しげだったけれど、しっぽを小さく振ってくれた。

両親も、かりんと同じことを考えていたのかもしれない。あるいは、娘が東京でひきこもっているよりいいと思ったのか。祖母の一軒家でハヤトと暮らすことを、両親は快く許してくれた。

「おばあちゃんのお家をお願いね」

母が寂しげに言った。ここは、彼女が生まれ育った家でもあるのだ。たくさんの思い出が詰まっているのだろう。

写真で見た幼いころの母の姿が思い浮かんだ。色褪《いろあ》せた写真の中では笑っていたけれど、今、こうして思い描く母は泣いている。大人でも泣くのだと知ったのは、いつのことだったただろうか。

「うん。わかった」

かりんは、母に答えた。祖母の思い出ごと引き受けたような気がした。

○

祖母の葬式が終わった三日後に、父母は東京に帰っていった。それ以上、会社を休めないみたいだ。

かりんは内房の町の古い家に残り、ハヤトとのふたり暮らしが始まった。この年齢になるまで実家で暮らしていたから、自宅以外の場所で生活するのは初めてのことだった。就職したが、あっという間に辞めてしまったから、自立とは程遠い暮らしを送っている。ベーカリーを退職してからは、完全に両親に養ってもらっていた。

祖母の家に残ると決めたときも、両親は援助してくれた。かりんの口座にまとまったお金を振り込んでくれた上に、父母がそれぞれＬＩＮＥを送ってきた。

「他に必要なお金があったら言ってくれ」

「くれぐれも無理しないでね。ちゃんと食べるのよ。仕送りするから」

東京へ帰る道すがら送ってきたようだ。ＬＩＮＥを見て、かりんは情けない気持ちになった。ベーカリーで嫌な目に遭ったのは事実だが、両親に甘えている自覚はあった。

「少しくらい稼がなきゃ」

自分の生活費とハヤトにかかるお金くらいは稼ぎたかった。この家でひきこもっていたら、天国の祖母だって心配するだろう。

働こうと思ったものの、まだ自信が持てなかった。若社長の顔が思い浮かぶと、胸のあたりが苦しくなる。もう、あんな目には遭いたくない。それに加えて、仕事先を見つけようにも、このあたりには東京ほど店も会社もなかった。

「困ったね」

ため息交じりに呟くと、ハヤトが返事をするように鳴いた。

「くぅん」


両親が東京に帰った翌日、かりんは散歩がてら図書館へ行くことにした。君津市にも図書館はあるが、イオンモールにできた富津市立図書館に足を運んでみようと思ったのだ。富津市は、君津市の隣にある。祖母の家は、その二つの市の境目と言っていい場所だ。君津市立中央図書館が君津駅近くにあることもあって、祖母が生きていたころは、ここに遊びに来るたびに行っていたけれど、イオンモールの図書館には行ったことがなかった。

「犬の飼い方の本くらいあるよね」

ネットで蔵書検索すると、ちゃんと置いてあった。パン作りを始めたときから、わからないことや知りたいことを本で調べた。きっと本が好きなのだ。書店や図書館に行くと、気持ちが弾む。

ハヤトを連れていこうかとも思ったが、イオンモールに犬は入れないだろう。この暑い中、外で待たせておくのも躊躇《ためら》われた。散歩は別の機会にしたほうがいいのかもしれない。

「それじゃあ行ってくるから、お留守番をお願いね」

「くぅん」

祖母の家から富津市立図書館までは歩いて三十分以上かかる。往復一時間は遠いような気もするが、田舎ではこれが普通だろう。それに、歩きたい気分だった。祖母の生まれ育った町を改めて見てみたいという気持ちもあった。

まだ夏休みは始まっていないけれど、すでに気温は三十度近い。日差しは強く、ただ立っているだけで汗をかくほど暑かった。思わず愚痴《ぐち》が出た。

「散歩する気温じゃないよね」

うんざりしながら歩いた。これから九月や十月まで暑い日が続くのだから、諦めるしかない。自動車の免許は持っていないし、市の図書館に行くのにタクシーは使えない。さすがに贅沢《ぜいたく》だ。今後のことを考えると、自転車くらい買ったほうがいいのかもしれない。

かりんは日傘を差して小糸川沿いの道を歩いた。たんぽぽが道端に咲いている。この季節に咲いているのはセイヨウタンポポだ。

ニホンタンポポは、春に一度だけしか咲かないが、セイヨウタンポポは生命力が強く、春から秋にかけて繰り返し咲く。

冬に咲くたんぽぽもあるのよ。

子どものころ、祖母がそう教えてくれた。彼女も図書館が好きで、いろいろな本を読んでいた。富津市立図書館の利用者カードも家にあった。自動車の運転はしなかったし、自転車も持っていなかったから、こんなふうに歩いて通っていたのかもしれない。

「あ、でもバスがあるのか」

君津市漁業資料館の近くに停留所があり、そこからバスに乗れば十五分くらいでイオンモール富津に着く。

それを使えばよかった、と少しだけ後悔した。体力には自信があったはずなのに、息が切れ始めていた。ひきこもり生活で身体が鈍《なま》ってしまった。こんな調子では、先が思いやられる。心が傷つくと、身体も弱るものみたいだ。そうじゃなくても暑過ぎる。

ときどき立ち止まり、持参したマグボトルの白湯《さゆ》を飲んだ。イオンモールについたら、スポーツドリンクを買ったほうがいい。ここまで来るあいだに、けっこう飲んでしまった。この暑さは危険だ。

汗をかきながら歩いていくと、やがて小糸川沿いの道が終わり、民家やコンビニの見える通りに入った。

ラーメン屋があって、前方に眼鏡屋の看板が見える。東京みたいに賑《にぎ》やかではないけど、暮らしのにおいがする。何台もの自動車やバイクが、かりんを追い抜かしていった。

そんな風景を眺めながら、さらに足を進めた。すると、小さな看板が目に飛び込んできた。入り口の上の壁に貼られている「壁面看板」、もしくは「ファサード看板」と呼ばれるものだ。もちろん店名が書かれている。

桃のベーカリー MASAYA

お洒落《しゃれ》なのかダサいのかわからない名前だ。とにかくベーカリーと書いてあるのは間違いない。

「パン屋さんだよね……？」

誰に聞くわけでもなく呟いた。黒を基調にしたお洒落な店構えで、『スターバックス』や『タリーズ』みたいなカフェにも見える。ただ店は小さく、できたばかりの雰囲気があった。

吸い寄せられるように『桃のベーカリー MASAYA』に歩み寄ると、アルバイト募集の紙が貼ってある。

それだけだったら、中に入ろうと思わなかっただろう。見るともなく店内をのぞき込んだとき、店員らしき女性と目があった。

「え?」

さっきより少し大きい声を出してしまった。三十歳手前に見える、その女性に見覚えがあったからだ。

「図書館のお姉さん?」

かりんは、また呟いた。ベーカリーのガラス窓には、目を丸くしている自分の顔が映っている。

「あら」

向こうも、かりんに気づいた。見間違いではなかったようだ。祖母が生きていたころに通っていた君津市立中央図書館の職員だ。本の場所がわからなくて、何度かさがしてもらったことがある。眼鏡のよく似合う知的な女性で、落ち着いた雰囲気の持ち主だ。

その女性が、黒いエプロンをかけてベーカリーで働いている。不思議に思っていると、扉を開けて外に出てきた。

「久しぶりね」

図書館のお姉さん――洞口倫子《どうぐちみちこ》が、にっこりと微笑んだ。彼女のかけている黒エプロンには、『桃のベーカリーMASAYA』の文字がピンクでプリントされている。やっぱり、少しだけダサい。

営業中だけど、時間が早いせいか客はいない。他の店員の姿もなく、この時間帯は、倫子が一人で切り盛りしているみたいだ。

「もしよかったら、ちょっと休んでいかない？　外は暑いでしょう」

倫子が誘ってくれた。彼女がベーカリーで働いていることに興味があったので、かりんはその言葉に甘えることにした。

「ありがとうございます。それでは、お邪魔します」

「どうぞ」

倫子が扉を大きく開けてくれた。かりんは会釈して、『桃のベーカリーMASAYA』に入った。

店内に入ると、いっそうカフェみたいだった。イートインコーナーがあって、パンと一緒にコーヒーや紅茶などを楽しむことができる。それほど広いスペースではなかったけれど、居心地のよさそうなテーブルとソファが置いてある。エアコンが効いていて、すごく清潔だ。

「適当に座って。今、飲み物を出すから。暑いから冷たい飲み物がいいよね。アイスコーヒー、大丈夫な人？」

「ええと……」

「遠慮しないで。わたしが飲みたいの。付き合ってくれると嬉しい」

「は……はい。アイスコーヒー、すごく好きです」

正直に答えた。両親がコーヒーが好きで、わざわざ特別なコーヒー豆を取り寄せ、こだわりの方法で淹《い》れて飲んでいた。かりん自身も、子どものころからコーヒーに親しんできた。

「日の当たらない席にしましょうか」

壁際の席に、倫子と向かい合って座った。テーブルには、アイスコーヒーが二つ置かれている。話し相手になってくれるらしい。

勤務時間中にしゃべっていて叱られないかと心配になったが、倫子は気にしていないようだった。アルバイトとは思えないほど堂々としているし、自分の家にいるみたいにくつろいでいる。もしかして、ここは彼女の店なのだろうか？

「冷たいうちにどうぞ」

倫子にすすめられて、いただきますと答えた。ストローをさした拍子に、コップの中の四角い氷がカランと鳴った。その音だけでも美味しそうだ。暑い中を歩いてきたこともあって、白湯を飲んだだけでは満たされないくらい喉《のど》が渇いていた。

早速、ストローで冷たい液体を吸い上げ、びっくりした。予想していた以上に、美味しかったのだ。まろやかでスッキリとしている。雑味が少なく、上品で口当たりがいい。

「もしかして、これ、水出しコーヒーですか？」

しかも、いい豆を使っている。ベーカリーのイートインで出すようなレベルではない気がする。

「へえ。わかる人には、わかるものなのね」

倫子が感心したように言った。正解だったらしい。また、その口振りから倫子本人は味の違いがわからないみたいだ。

「オーナーがコーヒー好きなの」

「そうなんですか」

相づちを打つように頷《うなず》いたが、違和感を覚えていた。コーヒーのことでも倫子のことでもなく、店に並んでいるパンの品揃《しなぞろ》えの話だ。

こんなに美味しいコーヒーを出すのに、それに合うようなパンが並んでいなかった。サンドイッチもデニッシュもアップルパイも見当たらない。まだ店を開けたばかりだからなのかもしれないけれど、食パンとロールパン、それからマフィンが売られているだけだった。

少数の品揃えで勝負するベーカリーもあるが、それにしたってパンの種類が少な過ぎる。さらに言うと、売られているパンの形が微妙に歪《ゆが》んでいた。プロの職人が作ったパンとは思えなかった。コーヒーにこだわっているくせに、パンに手を抜き過ぎている。

「あの……」

失礼だと思いながらも黙っていられず、おずおずと聞きかけた。だが皆まで言う前に、かりんの疑問に気づいたようだ。

「パンのことね。素人《しろうと》くさいパンが並んでるでしょ？」

頷くこともできず曖昧《あいまい》に首を傾けたが、倫子はかりんの真意を見抜いた。

「実は職人さんが体調を崩しちゃったの」

倫子が肩を竦《すく》めて、事情を話してくれた。『桃のベーカリーMASAYA』はやっぱりオープンしたばかりだった。まだ二週間も経《た》っていないという。

オーナーは元教師の男性で、今は補習塾を経営している。その傍らにベーカリーを始めた。

「正確には、このベーカリーを始めるために先生を辞めたみたい。公立中学校で教えていたから」

つまり公務員だったのだ。原則として副業が禁止されているという知識は、かりんにもあった。定年まで勤めなくても、勤続年数に応じて退職金はもらえる。そのお金と貯金を使って、補習塾とこのベーカリーを始めたということのようだ。

また、日中、オーナーがこの店に顔を出すことはほとんどなく、倫子に任されているらしい。

「本当はレストランをやりたかったみたいだけど、場所の問題とか料理人が見つからないとか事情があって、ベーカリーから始めることにしたの」

だから、イートインコーナーがあり、カフェみたいな雰囲気の店になっているのだ。開業資金の多寡は店の規模や内装などによって違うが、一般にレストランのほうが人材確保が難しいと言われている。ベーカリーより調理やサービスの専門知識や経験が求められるからだ。

「ベテランのパン職人さんを雇ったんだけど、開店直後に体調を崩しちゃってフルタイムで働けなくなったの」

よく聞く話だった。パン作りには経験が必要だが、それと同時に体力を使う。長時間立ちっぱなしで作業し、重い材料を持ち上げたり、生地をこねたりしなければならない。特に、大量のパンを作る場合は、肉体的にも精神的にも大きな負担がかかる。さらに、どんなに空調が効いていても、オーブンをフル稼働すると厨房内は高温になり、体力が消耗する。

「ベテランの職人さんって、おいくつくらいの方なんですか？」

かりんは踏み込んだことを聞いた。昔に比べて、今の高齢者は若々しく元気だが、それでも年齢は基準になる。

「七十歳は過ぎているんじゃないかなあ。女性の職人さんよ」

「それは……」

かりんは言葉を濁した。その年齢で厨房に立つのは大変だろう。ましてや、女性は一般的に男性より体力が劣っていることが多い。しかも一人でパンを焼いていたというのだ。

「わたしも手伝ってたんだけど、あんまり役に立たなくて」

倫子が申し訳なさそうに言った。本やネットで調べた知識はあるのだが、この店で働くまでパンを作った経験はないらしい。

ちなみに、パン職人になるための資格はなく、必要な手続きを踏めば誰でもベーカリーを開けるから、新規参入が多く、競争が激しい。例えば東京では、美味しいパン屋さんが毎日のように新たに開店している。

「職人さんがいないときは、わたしが焼いてるの。実は、今日のパンもそうなんだ」

恥ずかしそうに倫子が続けた。やっぱり職人の焼いたものではなかった。微妙に形が歪んでいるのも、品数が少ないのも当然だ。むしろ、今までパンを焼いたことのなかった人間が作ったにしては上出来と言える。

かりんはそう言って慰《なぐさ》めたが、倫子は首を横に振った。

「こんなの、ダメ。今どきコンビニやスーパーだって、びっくりするくらい美味しいパンを売っているんだから、わたしが焼いたパンなんて誰も食べない。実際、売れなかった」

否定することはできなかった。試しに、倫子の焼いたロールパンを食べてみると、まずくはないが、味に特徴がなかった。素人がレシピを見ながら作ったとわかる出来映えだ。

「それでね、新しい職人さんをさがしているんだけど、簡単には見つからなくて」

気を取り直すように、倫子は言った。オーナーはパン業界とのつながりのない人間らしく、体調を崩してしまったベテランのパン職人の人脈を頼ってさがしているようだが、上手《うま》くいっていないという。若い世代に知り合いがいないみたいだ。彼女が勤めていたベーカリーは、もう何年も前に閉店しているそうだ。

言葉にすると安っぽいけれど、運命を感じた。この店の前を通りかかったのは偶然だし、倫子と再会したのも偶然だ。ここまで偶然が重なると、何かに導かれているとしか思えない。かりんは、アルバイト募集に目をやって、質問した。

「その仕事、わたしではダメでしょうか？」

「え？　かりんちゃんが？」

プライベートで話したことがないのだから当たり前だが、倫子はかりんが何をしていたのかを知らなかった。

「はい。実はパン職人だったんです。専門学校を出て、東京のベーカリーで働いていました」

そんなふうに自分を売り込んだ。

こうして、オーナーとパン職人に会うことになった。店としても急いでいるらしく、明日の朝――開店前の時刻に面談する予定だ。

倫子は店を任されてはいるが、アルバイトを雇うときは、オーナーに相談することになっているという。体調を崩して勤務が難しくなったパン職人が同席するのは、かりんの技量を測るためだろう。

「堅苦しい人たちじゃないから緊張しないでね」

倫子は言うが、緊張するなというのは無理だ。明らかに採用試験である。老舗ベーカリーで嫌な目に遭ったことや、ひきこもっていた日々が脳裏に浮かんで、息苦しくなった。あんなことを言わなければよかった。まだ働くのは無理だ。倫子はともかく、オーナーは中年男性だ。今度何かあったら——嫌なことを言われたら、きっと自分は立ち直れなくなる。

倫子に別れを告げて、『桃のベーカリーMASAYA』を出た瞬間から後悔し始め、家に着いたら断りの電話を入れようと思った。でも、そうしなかった。ハヤトが出迎えてくれたからだ。

「くぅん」

ひとりで寂しかったらしく、かりんに身体を擦《こす》りつけてきた。しっぽを小さく振っている。頭を撫《な》でると、気持ちよさそうに目を閉じた。たった、それだけのことで勇気が湧いた。

自分には、養わなければならない家族がいる。両親に頼ってばかりでは、天国の祖母に顔向けできない。ハヤトには自分しかいないのだから、しっかりしなければならない。

その日、かりんはハヤトを抱き締めて眠った。ハヤトは温かくて優しかった。とても優しかった。

「へえ、パン製造技能士二級を持ってるんだ。それは心強い」

かりんの用意した履歴書を見るなり、オーナーは目を丸くした。もう採用を決めたかのような口振りだ。

丁寧《ていねい》に挨拶をされて、名刺をもらった。櫻井登《さくらいのぼる》という名前だった。五十代前半らしいが、年齢より老けて見える。白髪《しらが》が多いせいかもしれない。少し笑顔が悲しそうに見えるのは、かりんの気のせいだろうか。

それはともかく、櫻井は話しやすそうな容貌と雰囲気の持ち主だ。元教師だと聞いていたこともあるだろうが、生徒に人気のある国語の教師という感じだった。「堅苦しい人たちじゃないから」と言った倫子の言葉は嘘ではなかった。

「若い人が来てくれて、本当によかったわ。しかも経験者なんてラッキーね」

体調を崩しているというベテランのパン職人——美馬郁美《みまいくみ》が、ほっとしたように微笑んだ。仏像を思わせる穏《おだ》やかな顔をしていて、言葉や声がすごく優しい。どことなく死んでしまった祖母に似ている。記憶の中にいる祖母と声のトーンが被《かぶ》った。

倫子は話に入らず、カウンターと厨房を行ったり来たりしながら作業している。開店準備があるのだろう。面接はイートインコーナーで行われていて、忙しげに立ち働く倫子の様子がよく見える。

「あの……。パンを持ってきました。自宅で焼いてきたんです」

かりんは切り出した。パン職人として雇ってもらおうとしているのだから、腕前を見てもらおうと思ったのだ。

本当は、櫻井や郁美の目の前で作ったほうがいいのだろうけど、店の厨房を使わせてもらえるかわからない上に、パンを焼くのには時間がかかる。だから祖母の家で焼いてきた。

櫻井と郁美が興味を惹《ひ》かれたように、身を乗り出してきた。

「何を作ってきたのかしら？」

「バゲットです」

フランスパンとも呼ばれるシンプルなパンだ。生地のグルテン形成、発酵、焼き加減など、パン職人の基本的な技術がすべて詰まっている。バゲットを見れば、パン作りの技量がわかると言われることがあるほどだ。

「見せてもらってもいいかな」

「は……はい」

かりんは緊張しながら、パンをテーブルに広げた。オーナーとベテランパン職人がそれを見て、口々に言った。

「おっ、旨《うま》そうだな」

「形も焼き加減も、すごく綺麗。さすがねえ」

とりあえず、ほっとする。商品になるのだから、見た目は重要だ。美味しそうに見えなければ、手に取ってもらえない。

「食べてもいいのかな」

櫻井が聞いてきた。ちゃんと試食してくれるようだ。老舗ベーカリーの若社長とは――ニューヨークロールのときとは違う。

「もちろんです。よろしかったら美馬さんも味をみてください」

「ダメって言われても食べますよ。こんなに美味しそうなパンを食べなかったら、今夜眠れなくなっちゃう」

郁美が真面目な顔で言うと、オーナーが楽しそうに笑った。優しい雰囲気に満ちている。そして、二人同時にパンを手に取り、「いただきます」と口々に言ってから、バゲットを食べ始めた。

焼き立てではないが、まだ十分に柔らかいはずだ。日本人の好みに合わせて、食べやすい硬さに調整したつもりだ。

焼きあがったときに、かりんも味見した。皮は香ばしく、その内側にあるクラムはふんわりしていた。パンを焼いたのは久しぶりだったけれど、我ながら上手くできたと思っている。

「こりゃ旨い。バターやジャムとも合いそうだな」

「ハムやチーズを挟んでサンドイッチにしてもいいわ。イートインコーナー用に売ったら、きっと人気が出るわよ」

「それ、いいねえ。すごくいい」

「バゲットはシンプルだから、応用が利くんですよ。いろいろな食べ方を提案できるわ」

櫻井と郁美がそう言ってくれた。かりんの焼いたバゲットを気に入ってくれたらしく話が盛り上がっている。一先《ひとま》ず、ほっと胸を撫で下ろしていると、倫子が近づいてきて言った。

「今度は、かりんちゃんに郁美さんの作ったパンを食べてもらいましょうよ。『桃のベーカリー MASAYA』の一番人気を持ってきたから」

お盆を持っていた。この面談が始まる前に、店に出すパンを焼いたのだろう。甘いにおいがする。角度的によく見えないが、菓子パンなのかもしれない。

「あら、恥ずかしい。一番人気だなんて」

郁美は謙遜し、可愛《かわい》らしく頰を染めている。控え目で優しい人なのだ。かりんは、すっかり彼女のことが好きになっていた。

「当店自慢の『きなこパン』です」

倫子が店員の口調で言って、お盆を置いた。真っ白な皿に、猫の形をした一口サイズの揚げパンが載っていた。何種類もの猫がいる。

「可愛い！」

かりんは思わず声を上げた。

最近の人気商品に、猫の顔の形を模した食パンがある。店舗だけでなく、多くのデパートやスーパーでも買うことができるから、見たことのある人も多いだろう。

郁美の作ったパンは、顔だけでなく猫の全身をかたどったものだった。招き猫、しっぽを立てて歩いている猫、首を傾《かし》げて座っている猫、丸くなって眠っている猫など、さまざまなポーズのパンがあった。

六枚切りの食パンを型で抜いて揚げ、きな粉と砂糖をかけたのだろう。かりんは、給食の揚げパンを思い出した。こんなに可愛い形はしていなかったけれど、懐かしいにおいがする。

「オーナーのお宅の猫ちゃんをモデルにしたんですよ」

郁美が解説を加えた。櫻井の家には、三毛猫がいるらしい。もともと野良だった猫を保護して、自宅に迎え入れたという。

「きなこちゃんって名前だから、『きなこパン』。安易よねえ」

「安易だなんて、そんなことありません。すごく可愛いです。たくさん買いたくなります」

かりんは言った。本音だった。どのポーズも可愛らしくて、思わず全種類を買いたくなる。お土産《みやげ》やプレゼントにぴったりだ。猫好きには、たまらないだろう。一番人気というのも頷けた。

「見た目だけじゃなくて味もいいから、ぜひ食べてみて」

櫻井にすすめられて、かりんは猫の形をした揚げパンに手を伸ばした。郁美の焼いたパンに、興味があったのだ。

「いただきます」

郁美と櫻井、倫子に小さく頭を下げて、招き猫の形をした『きなこパン』を口に運んだ。嚙《か》むと、サクッと音がした。ラスクに似ているが、中は柔らかい。ふわふわのパン生地が口いっぱいに広がるような感触があった。

その感触を追いかけるように、きな粉の香ばしさとほのかな苦味を感じた。砂糖の甘さを上手に引き立てている。けれど、甘過ぎはしない。食パンの素朴な味わいが、砂糖の甘さを抑えていた。大人も子どもも楽しめそうな絶妙なバランスだ。

パン生地を噛むたびに幸せな気分になる。一口食べると、止まらなくなる美味しさだった。

「美味しい」

また、言葉が出た。老舗ベーカリーの若社長とは、いろいろな意味でレベルが違う。言うまでもなく、かりんよりパン作りの技量は上だった。郁美の作ったパンを一つ食べただけでもわかった。生地の形成、焼き加減、甘さの調整、どれも完璧だ。

例えば、猫のしっぽや前足のような部位をパンで作るのは難しい。細くすればするほど千切れやすくなり、かといって太くすると猫のシルエットが不格好になってしまう。

郁美の作った『きなこパン』はスマートで、それでいて、しっぽや前足が千切れそうな様子はない。型抜きや揚げ加減を調整してあるのだ。

「名人……なんですね」

お世辞でなく言った。無名でも優れた技量を持つ者はいるし、反対に、世間で持て囃《はや》されていても技量の劣っている者はいる。

テーブルの上には、かりんが焼いたバゲットが置いてある。郁美のパンと比べると、素人丸出しだ。技量の差は、一目瞭然だった。

心のどこかで、『桃のベーカリー MASAYA』を軽く見ていたのかもしれない。田舎にある無名の店だから、たいしたことはないと思っていたのかもしれない。言われてもないのに、バゲットを焼いてきたことが恥ずかしかった。老舗ベーカリーで働いていたと言っても、パン職人として何かを教わったわけでもない素人なのに。

「下手くそで、ごめんなさい」

かりんは謝った。唇を嚙まなければ、泣いてしまいそうだった。自分の傲慢《ごうまん》さが恥ずかしかった。パン職人として修業できなかったことが悲しかった。

櫻井と倫子は何も言わない。慰めを口にしたら、かりんが余計に傷つくとわかっているのだろう。

「下手くそなんかじゃない」

郁美がそう言ってくれた。優しげな容貌に似合わない強い語気だったが、すぐに穏やかな口調に戻って付け加えた。

「あなたには時間がある。一生懸命に生きることのできる時間がある。まだまだ上手になるわ。だって、人生これからだもの」

その言葉を聞いて、櫻井は小さく頷き、独り言のように呟いた。

「生きる時間があるっていうのは、いいことだ」

こうして、『桃のベーカリーMASAYA』の一員になった。週五日、正社員並みの待遇で雇ってもらえた。試用期間はなく、いきなり厨房を任された。

「副店長ってことでいいかな」

オーナーはそんなことまで言っていた。さすがに固辞したが、そういう役割を期待されているようだ。嫌な気持ちはしなかった。老舗ベーカリーに勤めていたころの辛さが嘘のように、仕事は楽しかった。櫻井は滅多に顔を出さず、郁美も週一日程度しか店に来なかった。

学生や主婦のアルバイトを雇っていたが、短時間の勤務が多く、ほとんど倫子一人で店を仕切っていた。

郁美が出勤する日は、パン作りを教えてもらった。基本に忠実に、とにかく丁寧に焼くことを教えてもらった。相変わらず郁美は優しかったが、顔色が悪く、日に日に痩《や》せていった。

八月のある日、郁美が改めて言った。

「もうすぐ手術を受けるの。入院することになると思うから、しばらく店にも来られないわ」

櫻井や倫子から聞いていたことだったけれど、本人に言われるといっそう不安になる。かりんは眉根を寄せて質問する。

「大丈夫なんですか？」

「うん。簡単な手術だから大丈夫。心配しないでね」

郁美は言うけれど、かりんは心配せずにいられない。こんなに痩せてしまうなんて、重い病気にかかっているように思える。

病院の名前を聞くと、千葉県鴨川《かもがわ》市にある大きな病院で手術を受けることになっていると教えてくれた。かなり有名な病院らしい。

「退院したら、この店に戻ってきますか？」

「受け入れてもらえるなら喜んで」

郁美はいつものように優しく微笑み、入院するために『桃のベーカリーMASAYA』から離れていった。かりんは、手術が終わったらお見舞いに行こうと心に決めた。

〇

郁美がいなくなると、本格的に忙しくなった。店で売るパン全部を、かりん一人で作らなければならない。

倫子やアルバイトたちに手伝ってもらうことはあるが、自分の他にパン職人はいない。この店が特別なわけではなく、小さなパン屋ではよくあることだ。何人もの職人を抱えているほうが稀《まれ》だろう。

だからと言って、好き勝手な真似はできない。新人なのだから、オーナーの意向に沿う必要がある。櫻井は顔を出さないので、かりんは店長の倫子に聞くことにしていたが、返事はいつも適当だった。

「自由に作っていいと思う。櫻井さんは何も言わないんじゃないかな。かりんちゃんに任せたんだし」

そう言われても困ってしまう。一番人気の『きなこパン』は作るにしても、他に何を焼けばいいのかわからなかった。かりんは、倫子に質問を重ねる。

「店名を意識したパンを焼いたほうがいいのでしょうか?」

「桃はともかく、MASAYA は無理じゃない」

もっともな言葉が返ってきた。かりんが疑問に思っていたことでもあった。オーナーの名前は登だし、MASAYA 要素はどこにもない。店の名前を付けたのは櫻井だというから、機会があったら聞いてみようと思った。

まあ、ベーカリーにかぎらず、よくわからない名前の飲食店は多いので、気にするようなことではないのかもしれないが。

『桃のベーカリーMASAYA』は、雇われる前に想像していたよりずっと繁盛していた。かりんが初めて来たときは、たまたま客のいない時間帯だったようだ。特に昼前後は混んでいて、イートインコーナーで本を読みながら、パンや水出しコーヒーを楽しむ客が何人もいた。常連客になってくれそうな人たちだ。

また、斎場が近くにあるらしく、通夜や葬式前の軽食に買っていってくれる。小さなパン屋としては悪くない売り上げがあるようだ。

そのおかげもあって、かりんの待遇もよかった。給料だけでいえば、老舗の有名ベーカリーに勤めていたころより高かった。大盤振る舞いと言っていい金額が振り込まれる。新入りである自分に払い過ぎだ。やっていけるのかと心配になって、倫子に聞いたことがある。

「こんなにもらっていいんですか？」

「いいんじゃないかな。払っているの、わたしじゃないし」

冗談めかして答えたが、すぐに真面目な顔になって付け加えた。

「櫻井さんは、お金儲《もう》けのためにお店を始めたわけじゃないの。だから気にしないでいいと思う」

「そう……なんですか」

他に返事のしようがなかった。安定している公務員を辞めてまで、パン屋を始めたことには理由がありそうだ。そう言えば、倫子も図書館の仕事を辞めている。二人とも、人生を変えるような出来事があったのかもしれない。

倫子は、その理由を教えてくれなかった。聞きたげにしているかりんに向かって言った。

「そのうち櫻井さんが話すと思う」


朝早くからパンを焼き、その合間を縫うようにして接客をする。常連客とも仲よくなり、新しいパンを作ると褒めてもらえる。書店に勤めているという女性客から、おすすめの小説も教えてもらったりもした。今度、彼女の勤めている木更津《きさらづ》市の書店に行ってみるつもりだ。

一日が終わり、家に帰るとハヤトが待っている。子犬みたいにはしゃいだりしないが、玄関までやって来て出迎えてくれる。

「くぅん……」

しっぽを振りながら期待した顔で、かりんを見上げている。犬の言葉がわからなくても、何を望んでいるかは想像できる。

「お留守番、ありがとう。それじゃあ散歩に行こうか」

着替えもせず、ハヤトを連れて夕暮れの町を歩いた。疲れていないわけではなかったけれど、ゆっくり散歩するのは心地いい。老犬になっても、ハヤトは散歩が好きだった。町のにおいを嗅ぎながら、道を歩いていく。

「まだ明るいから、少し遠くまで行けるね」

「くぅん」

『桃のベーカリーMASAYA』は午後五時に閉店するので、後片付けを手伝っても夜にはならなかった。

君津市は田舎かもしれないが、散歩するにはいいところだ。人見山もあるし、東京湾もある。海に向かう小糸川沿いの堤防道路は交通量も少なく、犬の散歩をするにはうってつけの場所だった。

いつもはその道を歩いて、海辺に出ることが多いけれど、今日は別の方向に行こうと思っていた。

「君津市の図書館のほうに行ってみようか」

「くぅん」

ハヤトが同意するように、しっぽを振りながら鳴いた。いつだって、かりんの言うことに賛成してくれた。

このときのかりんは、この穏やかな日々が永遠に続くと思っていた。

○

祖母がいなくなり、郁美が仕事を辞めていった。そして、今度はハヤトが死んでしまった。

ある八月の夕方、かりんが仕事から帰ってくると玄関で動かなくなっていた。慌てて動物病院に運んだが、ハヤトの心臓は止まっていた。

病気ではなく、突然死だった。人間と同じように犬も歳を取ると身体が弱っていき、ふいに活動をやめることがあるという。珍しい症状ではないと獣医師に言われたが、何の慰めにもならなかった。

突然死と言っても、何らかの兆候はあったはずだ。仕事に夢中で、パンを焼いてばかりで、ハヤトの異変に気づかなかった。そうとしか思えない。自分のせいとしか思えなかった。

ハヤトが死んでしまった日だって、新しいパンを焼くのに夢中になっていて、帰宅が遅れた。いつもより三十分遅くなっただけだが、そのあいだにハヤトの心臓が止まってしまった。

太陽が沈み始めた玄関で、かりんの帰りを待っているハヤトの姿が思い浮かんだ。最期に自分に会おうとしたのかもしれない。

「ごめんね……」

誰もいなくなった古い家で謝った。当たり前だけど、返事は聞こえない。八月の風の音が遠くで聞こえた。かりんの知らないどこかで、「ミャオ、ミャーオ」とウミネコが鳴いている。

倫子に事情を話し、一週間の休みをもらった。専門業者に頼んで葬儀をやり、国道沿いの高台にあるペット用の霊園に納骨した。それなりにお金はかかったけれど、ハヤトのためにやってあげたかった。

だが、どんなに供養をしようと、心に空いた穴は埋まらない。ハヤトが戻ってくることはないし、死なせてしまったという罪悪感から逃れることはできなかった。辛くて悲しくて寂しかった。

かりんは、すっかり気力を失った。祖母の家で暮らし続ける一番の理由がなくなってしまった。けれど、東京に帰ろうとは思わなかった。何をする気力もない。ベーカリーに行く気力もなかった。一週間も休むのは無責任だと思いはするが、笑顔で働く自信がなかった。

ただ泣いてばかりいた。ずっと泣いていた。泣きながら、ずっとハヤトに「ごめんね、ごめんね……」と謝った。

泣いていないときは、祖母とハヤトの墓参りに行き、その帰りに小糸川沿いの堤防道路を散歩して時間を潰した。

堤防道路には古びた石段があって、小糸川に降りられるようになっている。昭和のころは、魚釣りや川遊びをする人たちで賑わっていたというが、今では閑散としていて、たいていは誰もいなかった。

その日も、ふたりの墓参りに行ってきた。二つの霊園は別の場所にあって離れているので、両方の墓参りを終えると、もう夕方近かった。小糸川沿いは静かで、やっぱり誰もいない。

お腹《なか》が空いたら食べようと思って持っていったパンは、カバンの中に残ったままだ。かりんみたいに行き場所もなく、取り残されている。

意味もなく小糸川沿いを散歩し、歩き疲れて堤防の石段に腰を下ろした。すると、大きなため息が漏れた。全身の空気が抜けていくような、どうしようもなく深いため息だった。視線を彷徨わせると、穏やかに流れる川面《かわも》が目の前にあって、たんぽぽの花が石段の脇に咲いていた。手を伸ばせば届くところに、まだ綿毛になっていない黄色い花があった。海が近いからだろうか。海鳥たちが川岸を歩いている。子どものころから何度も見ている風景が今はどこか遠く、手の届かないもののように感じられた。何もかもが、遠くへ行ってしまった。

「これから、どうしよう？」

ようやく出た言葉は、答えの見えないものだった。今日これからのことを言っているのではない。この先の人生をどう生きればいいのかわからなかった。

こうしていても答えは出そうにない。座っていることにも飽き始め、そろそろ帰ろうかと思ったとき、ふいに足音が耳についた。

誰かが石段を降りてくる音だった。このあたりの治安は悪くないと思うが、安心できる時代ではない。かりんは、少し慌てて振り返った。すると、見知った顔があった。

「隣に座ってもいいかな？」

倫子だ。そんなふうに問いかけながら、ゆっくりとした足取りで、かりんのそばまで降りてきた。

「は……はい」

「じゃあ、お邪魔します」

倫子はそう言って隣に座った。しかし、何もしゃべらない。かりんが仕事を休んでいることを怒っているのかと思ったが、穏やかな表情をしている。小糸川のせせらぎに耳を澄ましているようで、その瞳は遠くを見ている。昔の出来事を思い出しているみたいに感じた。

かりんは視線を川面に向けた。川というのは不思議だ。時代によって形を変えながら、自分たちが生まれてくるずっとずっと前から流れ続けている。

小糸川沿いには、いくつもの民家が建っていて、古びた家も多い。祖母のように一人暮らしの家もあれば、すでに空き家になっているところもある。子どもの姿は見当たらず、どの家も静かだ。静かで活気がない。沈みかけた夕陽に照らされているせいもあって、まるで滅びゆく町みたいだった。明日のない今日が、とうとう訪れてしまった気がした。

そんなことを思っていると、どこからともなくピアノの音が聞こえてきた。美しい旋律が、静かに心に染み渡っていく。世界で最も美しいピアノ曲の一つと言われているショパンの名作だ。

練習曲作品10第3番ホ長調。

通称、『別れの曲』。

音楽にそれほど詳しくないかりんでも、この曲を知っている。学校の授業でもやったし、テレビドラマや映画でも使われていた。もう何度も聞いている。

このあたりを歩くと、こんなふうに聞こえてくることがあった。YouTubeを流しているのかもしれないけれど、何となく生演奏しているような気もする。誰が弾いているのかはわからない。心地いいが、どこか悲しげな音色だった。

「好きな人がいたの」

ふいに倫子が言った。唐突だったが、かりんは驚かなかった。夏の夕暮れという時間帯のせいかもしれない。小糸川岸の石段に座っていると、どんな話でも聞く気持ちになる。相づちさえ打たずに、黙って話の続きに耳を傾けた。

「君津市立中央図書館に勤めていたときに、よく本を借りに来た男の人よ。料理が好きで、自分の店を持とうとしていたの」

遠い昔の話をするように、倫子は続けた。いつの間にか『別れの曲』は終わり、悲しげなメロディの欠片《かけら》が夕陽と一緒に沈んでいく。かりんの知らないどこかへ、帰っていこうとしている。

「恋人だったんですか？」

かりんが聞くと、倫子は苦笑いを浮かべて答えた。

「だったら、よかったんだけど。わたしの恋人じゃなくて、同僚の恋人だったの」

「それは……」

人は半径三メートル以内で恋をするというから、よくある話なのかもしれないけれど、その立場になったら辛い。

少女漫画や恋愛ドラマなら取り合うところだろうが、倫子は好きだという気持ちを隠して好きな男性や同僚と接した。かりんでもそうするだろう。

「二人は結婚することになったの」

小糸川の向こう岸を眺めながら、倫子が言った。あまり恋愛経験のないかりんにも、話の先が見えたような気がした。

聞いていいものかわからなかったが、考えるより先に言葉が出た。かりんは、倫子に質問した。

「もしかして、それで図書館を辞めたんですか？」

「まさか」

心の底から驚いたという声で応じた。そんなことで辞めないよ、と首を横に振ってから、照れくさそうに教えてくれた。

「小説を書こうと思って辞めたの」

「え？」

また、聞き返してしまった。急に話が飛んだように思えたが、倫子の中ではつながっているらしく、視線を川岸に向けたまま答える。

「子どものころから小説家になりたかったんだ。でも書けなくて」

小説家を目指しながら、作品を完成させられない人がいるという話を聞いたことがある。本一冊分の文章を書くのは、体力的にも大変だし、時間もかかるだろう。そこで、倫子は、環境を変えてみようと思ったのだった。時間の融通が利く仕事への転職を考えていたという。

「他にもいろいろあって図書館を辞めて、櫻井さんのパン屋さんに雇ってもらうことになったの」

また話が飛んだ。突然、櫻井が出てきた。いや違う。実際には飛んでいなかったのだが

——すべてがつながっていたのだが、このときは何も知らなかった。かりんは、話についていこうと質問を重ねた。

「どんな小説を書くんですか？」

「ちびねこ亭の話」

聞いたことのない名前だった。猫好きの集まるカフェのような場所だろうかとも思ったが、そうではなかった。倫子がこんなふうに説明した。


内房の海の近くに、死んでしまった大切な人に会える食堂があるの。

そこで思い出ごはんを食べると、二度と会えないはずの人に会えるんだ。


「倫子さんが考えた小説の話ですよね」

「残念ながら違うわ。まだ小説は書いていない。実在する食堂の話よ」

と倫子は言い切った。嘘をついている口調ではなかったが、信じられる話でもなかった。死んでしまった人と会える食堂があるなんて絵空事過ぎる。それこそ漫画や小説の世界だ。

「どこにあるんですか？」

「この町よ」

それ以上、たいした説明もせずに倫子は口を閉じ、さっきまでと同じように小糸川の向こう岸を見ている。何を考えているかはわからない。

そうしているあいだに、また少し太陽が沈んだ。もう三十分もすれば光が消えて、暗くなってしまう。このあたりには、あまり店がなく、空き家も多いから、夜は真っ暗だった。そして、小糸川沿いの道は静まり返っていて、誰も通らない。海鳥たちもいなくなった。かりんと倫子だけが、石段に座っている。

急に怖くなった。みんながどこかへ行ってしまったような錯覚に囚《とら》われた。それを振り払おうと、かりんは倫子に問いかける。

「……会ったんですか？　死んでしまった人に会ったんですか？」

声が震えた。あり得ないと思いつつ、信じてしまったのかもしれない。暗くなりかけた小糸川沿いにいるせいか、あの世とこの世がつながっていてもおかしくないように思えた。

彼女はその質問には答えず、石段からゆっくりと立ち上がり、かりんに提案するように言った。

「今から二人で、ちびねこ亭に行ってみようか。歩いていける場所にあるから」

死んでしまった人間と会える食堂は、すぐそこにあるらしい。日が暮れかかっているせいか、急に温度が下がった。

さらに日が傾き、夕暮れになった。でも、夏の夕陽はなかなか沈まない。沈みかけているように見えても、しばらくは明るいままだ。

倫子と一緒に海に向かった。川沿いの堤防道路はどこまでも続いているように感じるが、十分もしないうちに海に出る。子どものころから何度も歩いた道だった。たいていの場合、祖母とハヤトが一緒にいた。

何も話さずに歩いていくと、川と海を隔てるように架けられている赤い橋が見えてきた。かりんが生まれるずっと前は、この橋の代わりに渡し舟があったらしい。祖母がそんな話をしていた。

「おばあちゃんも見たことないけどね」

本当に存在していたかも定かではないようだ。調べればわかっただろうけれど、そこまでしなかった。

世の中、わからないことは多い。例えば、こんな時間に、ちびねこ亭に行こうとしている理由もわからない。ちびねこ亭は、午前中で閉店してしまう。それなのに向かっている。また、食堂が開いていたとしても、思い出ごはんを食べるためには、事前に予約を入れなければならないという。

「今から行っても、誰もいないかも」

倫子はそう言いながらも、足を止めようとしない。かりんも、そのあとを追いかけるように歩いた。

二人は、やがて砂浜に出た。波の音が大きく聞こえる。

○

ずいぶん前のことになるが、一度だけ夕暮れ時の海辺を歩いたことがあった。今と同じように、小糸川沿いの堤防道路を歩いていった。

ハヤトが祖母の家に来たばかりのころの話だ。高校の夏休み、かりんは一人で祖母の家に遊びに来た。犬を引き取ったと聞いて、新しくやって来た家族と会いたくなったのだ。

「わんこ、可愛いねえ！　すごく可愛い！」

「くぅん！」

そのころから鼻を鳴らすような鳴き方だったけれど、まだ若くて元気だった。かりんに褒められて、嬉しそうにしっぽを振った。遊んでほしそうに見えた。いや、遊んでほしかったのは、かりんのほうだ。

ハヤトはおとなしくて、人懐こい犬だった。生まれたときから人に飼われていて、可愛がられていた。けれど、飼い主が高齢のために死んでしまった。孤独死だったという。そしてハヤトは独りぼっちになり、保健所に引き取られた。もう少しで処分されてしまうというところで、祖母が引き取ったのだった。

「大変だったね」

「くぅん」

人間の言葉がわかるのか、寂しげな声でしょんぼり鳴いた。その声を聞いて、かりんまで悲しくなった。どうにか、ハヤトを元気づけたいと思った。

このとき、祖母は台所で晩ごはんの支度をしていた。東京を出るのが遅くなったせいで、もう夕方だった。あと一時間もすれば暗くなってしまうだろう。かりんは、台所にいる祖母に声をかけた。

「おばあちゃん、ハヤトと一緒に散歩に行かない？　ねえ、行こうよ」

ハヤトを連れて一人で行ってもよかったが、祖母とも歩きたい気分だった。

「今からかい？」

祖母が驚いた声で聞き返してきたが、ダメだとは言わなかった。祖母は、かりんに甘い。晩ごはんの支度を中断して、わがままを聞いてくれた。

「それじゃあ、海を見に行きましょうか」

「うん！」

こうして、さんにんで夕暮れ間近の東京湾に向かった。小糸川沿いの堤防道路は、自動車やバイクの通りがほとんどなく、このときは通行人もいなかった。まるで貸し切りだ。どこかの家から流れてくるピアノの音が心地いい。

祖母やハヤトとたくさん話をしたはずなのに、何を話したのかはおぼえていない。ただ楽しかった。すごく楽しかった。

それから、たんぽぽの花が道端に咲いていて、ふわふわと綿毛が飛んでいたことをおぼえている。

○

大人になったかりんは、倫子と並んで海辺を歩いている。日射しはまだ残っていて暑いけれど、海風のおかげで汗をかかずに済んでいる。夕陽が落ちれば、もっと涼しくなるだろう。

倫子は、何もしゃべらない。かりんも、黙っている。でも無音ではなかった。

風の音が聞こえる。波が話しかけてくるように鳴っている。砂浜を踏む二人の足音が、なぜか遠くから聞こえた。

足もとを見ると、二つの影が長く伸びていた。まるで、どこか知らない場所へ行こうとしているみたいだ。影はいつだって、触れることのできない場所にある。影に導かれるように、あるいは背中を押されるように、人は歩いていくのかもしれない。歳を取っていくのかもしれない。

永遠に続くかのように思えた沈黙の時間が、ふいに終わりを告げる。倫子が足を止め、声を発した。

「ちびねこ亭は、あの先にあるの」

倫子は前方を見ている。彼女の視線の先を追いかけると、白い小道があった。宝石みたいに綺麗な貝殻が敷き詰めてある。暮れなずむ夏の日の海辺を描いた絵画のようにも見えた。

「行ってみましょう」

「は……はい」

返事をしたものの、真珠のように美しい貝殻を踏んでいいものか躊躇《ためら》っていた。もちろん通り道なのだから、歩いても問題はないだろうけれど、踏むのが申し訳なかった。

倫子も同じ気持ちだったらしく、小道の端に寄って歩き始めた。かりんも真似をして、なるべく貝殻を踏まないように歩こうとしたときだ。突然、それが現れた。

「みゃ」

貝殻の小道の真ん中に、茶ぶち柄の子猫がいたのだ。かりんは驚いた。数秒前まで、何もいなかったはずだ。どこから現れたのかわからなかった。

蜃気楼《しんきろう》や白昼夢を見ているのかとも思ったが、はっきりと見えるし、鳴き声も力強い。こっちを見ながら、また鳴いた。

「みゃん」

生命力に満ちあふれていて、やんちゃそうな顔をしている。かりんと倫子に興味があるらしく、首を傾げてこちらをじっと見ている。ブラッシングされているとわかる毛並みをしていた。

「あの子、野良猫じゃないわよね」

「たぶんですけど、違うような気がします」

「放し飼いにしているのかなあ」

「さあ」

他に返事のしようがなかった。猫を外に出すのは危ないが、自由にさせている家は珍しくない。

子猫を見ながら、そんな会話を交わしていると、白い小道の向こう側に人影が現れた。

二十代前半に見える男性だった。すらりと背が高く、フレームの細い眼鏡をかけている。

その男性は茶ぶち柄の子猫を見つけると、ほっと小さく息を吐いてから、子猫に話し始めた。

「あなたは、どうして――」

説教を始めそうな口調だったが、あとの言葉は続かなかった。子猫が走り出したからだ。

「みゃん！」

怯《おび》えて逃げたというよりは、ふざけているみたいに見える。茶ぶち柄の子猫は、楽しそうだった。しかし男性は慌てた。

「行ってはダメです」

子猫相手に丁寧な言葉を使っている。真面目そうな外見といい、たぶん悪い人ではない。たぶん、この子猫の飼い主だろう。

茶ぶち柄の子猫も本気で逃げるつもりはないらしく、かりんと倫子の足もとで立ち止まった。そして、二人の顔を交互に見ながら、挨拶するように鳴いた。

「みゃあ」

倫子が言っていたように、ちびねこ亭は営業を終えていた。もともと朝ごはんの店なのだという。

「最近はランチも提供していますが、準備した分が終わり次第、店を閉めることにしています」

真面目そうな男性——福地櫂《ふくちかい》が教えてくれた。彼は、ちびねこ亭の経営者だった。短時間のアルバイトを雇っているようだが、基本的には一人で食堂を切り盛りしているらしい。

「そういう店、多いですよね」

倫子が相づちを打ち、かりんも頷いた。パン屋と食堂という違いはあるにせよ、食べ物を扱う小さな店という共通点があるから、ちびねこ亭の経営方針は理解できた。専門学校で習った知識とも合致している。

食材の保存・管理は大変だ。多めに仕入れると赤字になってしまうし、食材ロスは利益を圧迫する大きな要因となる。また、営業時間を長くすれば儲かるというわけではない。客が来なくても、アルバイトの人件費や光熱費などはかかるため、無駄なコストが増える。

個人経営の飲食店が利益を上げるためには、ランニングコストを抑えながら、最も多くの客が訪れる時間帯――ピークタイムに集中して営業することが重要だと言われている。そういう意味では、ちびねこ亭の営業方針は理にかなっている。午前中にピークタイムがあるとすればだが。

かりんと倫子は閉店後の食堂に入れてもらっていた。茶ぶち柄の子猫は、ちびねこ亭の看板猫だった。福地櫂が言うには、脱走癖があるらしい。今日も彼の隙を突いて、店から抜け出したのだった。

「おかげさまで見失わずに済みました。ありがとうございます」

福地櫂は頭を下げるが、かりんも倫子も何もしていない。勝手に子猫が立ち止まっただけだ。

本気で脱走しようとしていたのではなかろうが、子猫にとって外は危険だ。ましてや暗くなり始めていて、小さな猫など簡単に見失ってしまう。福地櫂が慌てていたのも当然だった。

ちなみに、この子猫の名前は「ちび」だ。ちびねこ亭という店名に由来しているのか、子猫のほうが先なのかはわからない。ちびは小さく、幼く見えるけれど、猫の年齢は見た目では判断できないものだ。成猫になっても、小さいままの猫はいくらでもいる。

「みゃあ」

茶ぶち柄の子猫は、呑気《のんき》に欠伸《あくび》をしている。店内に連れ戻されたあと、壁際に置かれた安楽椅子でくつろいでいた。食堂から脱走して、福地櫂に心配をかけたことなど忘れてしまったようだ。

その姿が微笑ましくて、かりんは頬を緩めながら、ネットで見た記事に書いてあった豆知識を思い出した。

猫は三日で三年の恩を忘れるというが、それは嘘でもあり、本当でもあるという。猫は必ずしも忘れっぽい動物ではない。例えば短期記憶については、人間の二十倍もの記憶力を誇るという説もある。ただし、その驚くべき記憶力は、食事やおやつに関連する出来事に特化しているらしい。

「みゃん」

自慢するように子猫が鳴いた。人間の考えていることはわかるはずがないから、たまたま、そう聞こえただけだろう。

それにしても居心地のいい食堂だ。丸太小屋を思わせる内装で、テーブルも広々としている。大きな窓があって、東京湾を一望できる。もう夜なので見えないが、天気のいい日には、遠くに富士山が見えるそうだ。

かりんと倫子は窓際の席に座って、熱い緑茶を飲んでいた。福地櫂がわざわざ淹れてくれた。熱くて美味しい緑茶だった。暑いときに熱いお茶を飲むと、身体がさっぱりする。営業時間外にもかかわらず店に入れてくれたのは、子猫を捕まえたお礼もあるが、福地櫂が『桃のベーカリーMASAYA』のオーナーと、もう一人のことを知っていたからだ。

「美馬さまも、ちびねこ亭に顔を出してくださいます」

なんと、郁美も常連であるらしい。彼女の焼いたパンを料理に使ったこともあるという。

「母とも仲よくしていただきました」

福地櫂の母親は、すでに他界している。ちびは、死んでしまった彼の母親が大切にしていた子猫だった。

「みゃ」

ちびが相づちを打つように鳴き、しっぽを軽く振った。すると、その瞬間、どこからともなく声が聞こえてきた。

〝お父さん、お母さん。二人の子どもに生まれて幸せでした〟

〝また、お父さんとお母さんの子どもになりたい。お母さんが死んじゃって、それから私まで死んじゃって、お父さんに悲しい思いをさせちゃったけど、今度は死なないようにがんばるから。生まれ変わることができたら、二度と悲しませないようにするから。お父さんより絶対に長生きするから〟

くぐもってはいたけれど、ちゃんと聞き取ることができた。一つ目は福地櫂の声みたいだったが、もう一つの声は誰のものかわからない。若い女性の声のようにも聞こえた。

かりんは改めて周囲を見回した。食堂には、自分と倫子と福地櫂、それから子猫しかいない。そして、今の声が聞こえたのは自分だけだったようだ。倫子と福地櫂は、普通に会話を続けている。

「みゃあ」

ちびがふたたび鳴いた。かりんの顔を見ながら、どことなく意味ありげにしっぽを振った。

その動きに導かれるように、さっき倫子から聞いた言葉が脳裏に浮かんだ。

内房の海の近くに、死んでしまった大切な人に会える食堂があるの。

そこで思い出ごはんを食べると、二度と会えないはずの人に会えるんだ。

本当なのかもしれない。そう思った。死んでしまった人と会える場所なのかもしれない。居心地のいい小さな食堂だけど、普通の飲食店とは何かが違う。奇跡が起こりそうな雰囲気がある。

子猫のそばには、大きな古時計があって、チクタク、チクタクと時を刻んでいる。かりんが生まれる前から動いていそうな時計だ。

初めて見たはずなのに、なぜか懐かしい。遠い昔から知っていた風景が、今ここに広がっているように思えた。古時計のチクタクという音が、時間を超えて響いてくる。過去の出来事が走馬灯のようによみがえる。

〝くぅん……〟

今度は、聞こえるはずのないハヤトの鳴き声が聞こえた。その声は、やっぱり、くぐもっていた。

どうしようもなくハヤトに会いたかった。後悔ばかりが思い浮かぶ。最後に、内房の海辺を一緒に散歩したかった。抱きしめて、小さな頭を撫でたかった。

いつの間にか、倫子と福地櫂の会話が止まっていて、こっちを見ていた。そのとき初めて、かりんは自分が涙を流していることに気づいた。初めて入った食堂で泣いている。

「……大丈夫？」

倫子が心配そうな顔で聞いてきた。かりんは小さく頷き、「すみません」と謝った。そして涙を吞《の》み込み、福地櫂に尋ねた。

「思い出ごはんを作っていただけませんか？」

我ながら不躾《ぶしつけ》な頼みだ。営業時間外に注文するのは、常識外れで失礼な行為だとわかっている。

ましてや思い出ごはんは、事前に予約しなければならないメニューだ。今日のところは、予約だけ取って帰るべきだということもわかっていた。

でも言葉が飛び出してしまった。かりんは、自分の言葉に驚いた。倫子も目を丸くしている。まさか、この場面で言い出すとは思わなかったのだろう。普段のかりんは、引っ込み思案とも言える性格だ。

当然のように断られると思ったが、福地櫂は考え込むように何秒か黙ったあと、かりんに聞き返してきた。

「どのような料理を作ればよろしいのでしょうか？」

料理を作るには、食材や調理器具が必要だ。また、知らない料理を作ることはできない。レシピを調べて、作ることができるか確かめなければならない。だから、思い出ごはんは予約制なのだ。

ちびねこ亭の営業時間は終わっていて、食堂はすっかり片付いている。食材が残っているとは思えない。けれど、かりんは諦めなかった。ハヤトとの思い出を話してから、福地櫂に聞いた。

「たまごや牛乳、バターはありますか？」

「ええ。ございます」

ならば、食材はそろっている。福地櫂に作ってほしい料理を伝えて、お弁当代わりに持っていた食パンを差し出した。夏の暑さを避けるために保冷バッグに入れてきたので、傷んでいないはずだ。そもそも食パンは常温で保存するものである。

通常なら、客の持ち込んだ食材を扱うことはないのだろう。一瞬躊躇いを見せたが、何も言わずに食パンを受け取ってくれた。かりんが『桃のベーカリー MASAYA』のパン職人だから、大目に見てくれたのかもしれないし、櫻井や郁美を知っているという理由もあるのかもしれない。

「少々お待ちください」

福地櫂が言った。一流ホテルのウェイターのように恭《うやうや》しく腰を折り、キッチンらしき場所へと入っていった。たぶん、これから思い出ごはんを作ってくれるのだろう。

福地櫂がキッチンに入っていくのを見送るようにしてから、倫子が椅子から立ち上がり、言葉をかけてきた。

「せっかくだから、海辺を散歩してくるね。小説の資料に写真も撮りたいし」

かりんに気を使ってくれているのだ。思い出ごはんの邪魔をしては悪い、と思ったのだろう。遠慮するのもわざとらしいので、素直にお礼を言った。

「ありがとうございます」

「ううん。いいの。誘ったのはわたしだし、夜の海を散歩したいのは本当だから。思い出ごはんが終わったら、外に出てきて。たぶん写真を撮りながら、適当に歩いているから」

食堂に戻ってくるつもりはないみたいだ。福地櫂にお礼を言っておいて、とも頼まれた。

「はい。わかりました」

かりんが頷くと、倫子は食堂から出ていき、ちびねこ亭の扉に付いているドアベルが小さく鳴った。

カラン、コロン。

食堂に入ってきたときよりも、音がくぐもって聞こえたけれど、かりんの気のせいだったのかもしれない。さっきから耳が少しおかしい。聞こえるはずのない声が聞こえる。

倫子が食堂から出ていき、ちびは眠ってしまった。脱走して疲れたのか、寝息を立てている。猫も夢を見るというが、茶ぶち柄の子猫はどんな夢を見るのだろう？

そんなことを思いながら、カバンからスマホを取り出し、テーブルに置いた。暇つぶしに弄《いじ》ろうと思ったわけではない。祖母とハヤトの写真が、待ち受け画面に設定してあるのだ。かりんの就職が決まったときに撮ったものだ。祖母は恥ずかしげに微笑み、ハヤトはきょとんとした顔をしている。

「もうすぐ会えるから」

ふたりにだけ聞こえる小さな声で言った。ハヤトだけでなく、祖母も一緒に現れることを期待していた。そんな都合のいい夢を見ていた。

古時計の長針が、また少し動いた。かりんの注文した思い出ごはんは、作るのに時間のかかるものではなかった。実際、十五分ほどで、福地櫂がキッチンから戻ってきた。早くも甘いにおいが漂ってきている。バターの香りもする。

焼き立ての、まだ湯気の立っている料理をテーブルに置き、福地櫂がかりんの思い出ごはんを紹介した。

「厚切り食パンのフレンチトーストです」

○

パンを焼くのは好きでも、料理はあまり得意ではない。下手ではないと思うけど、正直なところ作るのが面倒くさい。なるべく簡単に済ませたいと思っている。特に一人暮らしを始めてからは、自分で焼いたパンばかり食べていた。

なまじ栄養学の知識があるので、ときどき、そんな食生活に不安を感じる。体重計に乗ると、筋肉量が平均より少ない。実家にいたころより、さらに落ちていた。

「もう少したんぱく質を摂《と》ったほうがいいよね」

サラダや温野菜は簡単に作れるので食べているが、たんぱく質は不足気味だ。カルシウムも摂るべきだろう。骨粗鬆症《こつそしょうしょう》は怖い。

そこで思いついたのが、フレンチトーストだった。パン作りの延長のような気持ちで作ることができる上に、牛乳とたまごを使うのでタンパク質やカルシウムも摂取できる。

また、適当に作ってもそれなりの味になった。カッテージチーズを添えてもいいし、ハムやソーセージ、サーモンとも相性がよかった。何もないときは、冷蔵庫のジャムを添えた。祖母と親しかった、近所のおばあちゃんが教えてくれたレシピで作った自家製のジャムだ。

かりんがフレンチトーストを作ると、ハヤトが寄ってきて鼻をくんくんさせた。このにおいが好きみたいだ。

もちろん、ハヤトにフレンチトーストを食べさせたことはない。人間の食べ物は犬にとって消化しにくく、中毒を引き起こすことがある。例えば、バターがそうだ。高脂肪の食品は、犬にとって消化しにくいだけでなく、過剰摂取すると消化器系の問題を引き起こすと言われている。

ハヤトもわかっているのか、フレンチトーストを食べようとはしない。ただ鼻を鳴らして、嬉しそうにしっぽを振っていた。食べられなくても、好きなにおいがあるのだろう。

だから、フレンチトーストは、ふたりにとっての思い出ごはんだ。今も鼻をくんくんさせるハヤトの姿が思い浮かぶ。

○

「ホットミルクと一緒にお召し上がりください」

夕暮れ過ぎのちびねこ亭で、福地櫂が温かい牛乳を出してくれた。これも注文通りだ。かりんは、フレンチトーストを作ったあとの残りの牛乳を、電子レンジで温めて飲んでいた。

牛乳には、たくさんの栄養素がバランスよく含まれていて、「準完全栄養食品」とも言われている。例えば、たんぱく質・脂質・炭水化物の三大栄養素に加え、不足しがちなカルシウムやビタミンB群も豊富に含まれている。飲み過ぎはよくないが、適切な量を積極的に摂りたい食品だ。

フレンチトーストとホットミルクの湯気が、エアコンの効いた食堂に立ちのぼっていく。

ふと、線香の煙を思い浮かべたのは、祖母の葬式で僧侶が話してくれた言葉を思い出したからだ。

死んでしまった人が食べることができるのは、においだけです。

仏さまがお腹を空かせないように、どうか線香をあげてください。

「香食《こうじき》」と呼ばれる考え方で、大昔からあるものだという。かりんは、今でも祖母やハヤトのために線香をあげている。あの世でお腹を空かせていたら、かわいそうだ。

もし本当に死者が香りを食べるのなら、ハヤトにとってフレンチトーストの香りはご馳《ち》走《そう》のはずだ。きっと喜んでくれるはずだ。そして、自分に会いに来てくれるはずだ。

「いただきます」

軽く手を合わせてから、料理に添えられているナイフとフォークを手に取り、思い出ごはんを食べ始めた。まずはフレンチトーストを切り分ける。

厚切り食パンで作ったフレンチトーストは存在感があるが、力を加えなくても切れるほど柔らかい。表面は黄金色に焼けていて、中身はふわふわだ。卵液や牛乳がたっぷりと染み込んでいる。切り分けた欠片を口に入れると、濃厚なバターの風味を残しながら優しく溶けていった。

「すごく美味しいです」

「ありがとうございます。でも、パンが美味しいんですよ」

福地櫂がさりげない口調で、かりんの焼いたパンを褒めてくれた。控え目で優しい人だ。

「よろしかったら、夏みかんジャムもお試しください」

フレンチトーストには、艶やかな光沢を放つオレンジ色のジャムが添えられていた。これも、かりんが注文したものだ。

柑橘《かんきつ》類についてはジャムではなく、「夏みかんのマーマレード」と呼ぶべきだろうが、ジャム作り方を教えてくれた近所のおばあちゃんが「夏みかんジャム」と言っていたから、ジャムでいいのだ。祖母もそう呼んでいたし、かりんもそう呼んでいる。

そのおばあちゃんも死んでしまった。でもレシピは残っている。祖母の家には夏みかんの木があって、かりんはジャムをよく作った。今でも、ときどき作る。パンに塗ったりヨーグルトに加えたりするだけでなく、料理にも使える。豚の角煮や魚料理に加えると、爽やかでコクが出る。

「当店でも料理に使っています」

福地櫂が言った。だから、ちびねこ亭にあったのだ。君津市ではメジャーな果物《くだもの》なのかもしれない。彼もまた、「夏みかんジャム」と呼んだ。この店でも、マーマレードではなくジャムなのだ。

たっぷり添えられている夏みかんジャムを、スプーンで掬《すく》って、フレンチトーストに載せて食べた。

やっぱり美味しい。食べ慣れた味なのに、ため息が出そうになる。フレンチトーストのコクのある甘さと、ジャムの爽やかな酸味が絶妙にマッチしている。さらに、夏みかんのほのかな苦味が、単調になりがちなフレンチトーストのアクセントになっている。

祖母がいたころに、一緒にジャムを作った思い出がよみがえる。祖母は砂糖をたくさん入れる。甘過ぎるけれど、それが祖母の味だった。そして、こんがり焼いたトーストにバターとともに塗って食べることが多かった。バターのコクがジャムの風味を引き立て、より深みのある味わいになるのだ。

祖母がその食べ方をするまで、柑橘類のジャムにバターを合わせようとは思わなかった。

「おばあちゃん、すごい。すごく、すごく美味しい」

かりんは絶賛した。すると、食べていないくせにハヤトが同意する。

「くぅん」

夏みかんジャムのにおいも好きだったのだ。祖母がいなくなってからも、それは変わらなかった。楽しかった日々を思い出していたのかもしれない。

記憶の中のハヤトは、いつも楽しそうだった。老犬になっても、上機嫌でしっぽを振っていた。

そっか。そうだよね。かりんは声に出さず呟き、フレンチトーストとホットミルクを完食した。

○

「ごちそうさまでした。すごく美味しかったです」

福地櫂にお礼を言って、少し多めの金額を支払った。最初は断られたが、もらってほしかったので押し付けるように渡した。

結局、ハヤトは現れなかった。でも、残念だとは思わない。フレンチトーストを食べているうちに、嬉しそうにしっぽを振るハヤトの姿が思い浮かび、そして納得したのだ。

あの世にはおばあちゃんも、ハヤトのお父さんとお母さんもいるんだから、こっちに来るわけないよね。

そう思った。自分が嫌われているとは思わないけれど、祖母やハヤトの両親がいる天国のほうが楽しいに決まっている。この世にやって来る暇なんて、あるわけがなかった。

楽しそうに走り回るハヤトの姿が思い浮かぶ。大好きなハヤトが幸せそうで、かりんは嬉しかった。会えなくても、幸せを祈っている。

「また来ます」

今度は祖母に会いに来ようと思った。そのときまでに、もっと美味しいパンを焼けるようになろう。もう一度、ニューヨークロールを作ろうとも思った。悪い記憶なんて、いい思い出で塗り替えてしまえばいい。

「お待ちしております」

福地櫂がそう言ってくれた。ちびは、安楽椅子の上で眠りこけている。幸せそうに眠っていた。

「失礼します」

改めて彼に頭を下げて、ちびねこ亭の外に出た。もう、すっかり日が暮れている。夜空に満月が浮かんでいるおかげで、そんなに暗くはない。

砂浜は意外に明るく、足もとを見て歩くことができた。たんぽぽの綿毛が、まだ飛んでいる。月光を受けながら、ふわふわと舞っている。

かりんは足を進めたが、白い貝殻の小道で立ち止まり、ちょっとだけ泣いて、それから笑った。これからの人生も、こうやって生きていくのだろう。泣いてもすぐに笑って生きていこう。まずは、パン職人として一人前になろう。

涙をぬぐい、視線を彷徨わせると、海辺を散歩する倫子らしき影があった。海の向こう側を見ながら歩いていた。かりんは彼女の名前を呼んだ。自分に気づくまで、何度も呼んだ。

ちびねこ亭特製レシピ

# 厚切り食パンのフレンチトースト

材料（1人前）

・厚切り食パン（4枚切り）　1枚
・卵　1個
・牛乳　100ml
・砂糖、バニラエッセンス、バター　適量

作り方

1　4枚切りの食パンを半分に切る。
2　ボウルに卵、牛乳、砂糖、バニラエッセンスを入れてよく混ぜ、食パンを浸す。
3　10分から30分程度、冷蔵庫で寝かせる。
4　フライパンを弱火で熱し、バターを溶かし、3を軽く絞ってから、弱火で焼く。
5　両面にこんがりと焼き色がついたら完成。

ポイント

夏みかんジャムや蜂蜜、アイスクリーム、チーズなどをトッピングしても美味しく食べることができます。

# ハチワレ猫と恋する豚しゃぶ

神林《かんばやし》ただしの描く漫画は、いまだに売れている。全作品の累計発行部数は一億部を超えており、世界五十カ国以上で翻訳・出版されている。

過去に描いた漫画のほとんど全部がアニメ化され、昔の作品のリメイク版が映画化されるなど、その人気は衰えていない。先月もNetflix版が作られた。若い世代にも受けているようだ。おかげさまで収入も悪くない。キャラクター使用料や電子書籍の売り上げで、毎月、サラリーマンの年収以上の収入が入ってくる。中でも、キャラクター使用料はアニメやゲーム、グッズ展開など多岐にわたり、毎月安定したロイヤルティ収入が得られる。

けれど、ただしは自分を成功者だと思ったことはなかったし、漫画が上手いとも思わなかった。実際、手塚治虫《てづかおさむ》や藤子不二雄《ふじこふじお》、ちばてつやたち巨匠の足もとにも及んでいない。比べるのも烏滸《おこ》がましいほどだ。

また、鳥山明《とりやまあきら》が現れたときには、自分との才能の差に絶望した。彼の作品は斬新で、あっという間に世界中の読者を魅了した。それに比べて、自分の作品はどこか二流で、読者に伝わるものが少ないように感じた。

そんなふうに絶望しながらも漫画を描き続けた。漫画を描くのが好きだったからだ。そのころはそう思っていた。とにかく上手になりたくて必死に描き続けた。描けば描くほど、自分の下手さがわかった。

漫画家としての仕事が本格的に軌道に乗り始めると、打ち切りの決まった漫画のように時間は速いテンポで流れた。還暦が過ぎ、七十歳が見え始めたとき、妻が死んでしまった。自分より先に死ぬとは思っていなかった。男なんて弱いものだ。打ちのめされて、呆然《ぼうぜん》と歳月を重ねた。泣きながら毎日を送った。

そして、七十歳を過ぎたある日、今度は自分が病気で倒れた。入院して手術を受けることになった。

病気になったらなったで、闘病記を描かないかという依頼がいくつも舞い込んできた。過去のヒット作の続編の依頼も届き続けている。新作を待っている編集者もいるようだ。ありがたい話だが、もう漫画を描く体力がなかった。医者は大丈夫だと言うけれど、体力以上に気力がなかった。

「そろそろ引退しようと思う」

世話になった編集者やアシスタントにそう告げて、漫画家稼業に幕を下ろした。人生の終わりを告げた気分だった。

○

でも人生は終わらない。七十歳を過ぎても、たくさんの時間が残っていた。週に一度程度、病院に通う必要はあっても、手術は成功していて、今のところ再発の心配はないという。

何もすることがない時間に憧れたこともあったが、実際にそのときが訪れると時間を持てあました。

「漫画ばっかり描いてきたからな」

誰もいないマンションで、年寄りらしく独り言を呟いた。小学生のころから漫画を描き始め、高校在学中にデビューし、そのあとは、ずっと週刊誌で連載していた。もともと出不精で、人付き合いは苦手だ。出版社のパーティすら滅多に出席しなかったから、同業者の友人もいない。その結果、独りぼっちになってしまった。今では話す相手さえいなかった。

だが、ずっと独りぼっちだったわけではない。こんな自分にも妻がいた。愛する女性がいた。

二十歳のときに、高校時代の同級生と結婚をした。当時でも早婚だと言われたが、彼女以外の相手は考えられなかった。一緒に暮らすなら、彼女しかいないと思っていた。一秒でも早く生活をともにしたかった。

子宝《こだから》に恵まれないまま、時間が流れていった。独りぼっちの時間は長く感じるけれど、愛する人と暮らす時間は一瞬だった。三年前、妻が病気で死んでしまった。

まだ真新しく見える仏壇には、彼女――佐矢子《さやこ》の写真が置いてある。一緒に旅行したときに撮ったものだ。

「おれを置いていくなよ」

文句を言っても、写真の妻は返事をしてくれない。穏やかに微笑んだまま、これ以上歳を取ることもなく、ずっと同じ顔をしている。

そして、ただしを置き去りにしたのは、佐矢子だけではなかった。りんという名前のハチワレ猫を飼っていたけれど、猫白血病キャリアだったため、二歳になる前に死んでしまった。

他にも、家族同然に接していたアシスタントがいたが、再デビューが決まり、新しい道を歩み始めている。ただしを気遣っていまだに連絡をくれるが、大手出版社の週刊誌での連載が決まったようだ。そろそろ始まる。

最初の何週分かの原稿は仕上がっているようだが、これから忙しくなる。そうなったら、もう会うこともなくなるだろう。

「人生これからだ。面白い漫画をたくさん描いてくれ」

アシスタントだった男の顔を思い浮かべて、何度目かの独り言を呟いた。ただしに言われなくても、きっと成功するだろう。彼には才能がある。若いころの挫折によって、その才能は磨かれた。長い時間をかけて、原石はダイヤモンドになった。これから本物の輝きを放つはずだ。

「年寄りに気を使わなくていいからな」

昨日電話をもらったときにも、この台詞《せりふ》を言った。アシスタントだった男だって、そう若くはない。他人に気を使っているあいだに、やるべきことをやったほうがいい。人生は一度しかないのだから。時間の流れは止めどなくて、すぐ歳を取ってしまうのだから。

歳を取るのは、不便なものだ。老眼のせいもあって、テレビを見たり本を読んだりすることが億劫《おっくう》になった。

出かけるのは、もっと億劫だ。もともと身体を動かすのが好きではなかったから、今さら散歩や運動もしたくない。そのくせ長く寝ていられなくて、やることもないのに朝四時には目が覚める。

「困ったものだな」

ため息をつきながら、佐矢子の遺影を見ながら暮らしている。

妻が生きていたらよかったのに、と思いはしたが、漫画ばかり描いていた自分は、彼女が何を望んでいたのかわからない。

自分は好きな漫画を好きなだけ描いた。終わってしまった寂しさはあるが、やりきった感もある。下手なりにがんばった。振り返ってみれば、上出来だったと思うことができる。

だが、妻はどうだろう。漫画ばかり描いている男と結婚して、佐矢子は幸せだったのだろうか？

○

「忙しいのに、すまないね」

ただしは、元アシスタントの杉本良彦《すぎもとよしひこ》に言った。四十歳を過ぎているはずなのに、相変わらず少年みたいな顔をしている。そして礼儀正しかった。丁寧な言葉を返してきた。

「とんでもないです。お声がけいただき、ありがとうございます」

この日、二人は仕事場に来ていた。自宅とは別に借りているマンションの一室だ。漫画を描くためではなく、片付けるためだ。家賃がかかるのはともかく、いつまでも放っておけない。

良彦を呼んだのは、彼の使っていた漫画道具がいくつか残っているからだ。ただしの使っていたものも置きっぱなしになっている。必要なものを引き取ってもらおうと思ったのだった。

「遠慮せずに持っていってくれ。骨董品《こっとうひん》みたいなものばかりだが」

原稿用紙や鉛筆、定規、修正液、何百枚もあるトーン、Gペンや丸ペン、かぶらペンなどが転がっている。

漫画をデジタルで描く人間には、たぶん、どれも必要ないものだ。ただし自身は、最後までパソコンもタブレットも使わなかった。昔ながらのアナログな描き方で通じたし、編集者も原稿を受け取ってくれた。だが、これからの時代、そうはいかないだろう。

そこまでわかっていながら、誰かにもらってほしいと思った。子どものいない自分にとって、アシスタントは我が子同然だった。使っていた道具にも愛着があり、捨てるのは忍びなかった。

そんな年寄りの意を汲んでくれたのかもしれない。良彦が遠慮がちに聞き返してきた。

「本当に、もらってしまっていいんですか？」

「もちろんだ。持っていってくれると、こっちも助かる。もう漫画を描くことはないからな」

事実を言っただけなのに、胸が痛んだ。これから先の人生で、自分は二度と漫画を描かないんだ。改めてそう思った。

仕事部屋には、アシスタントが寝泊まりできるスペースがある。その分、荷物も多く、片付けは骨が折れそうだった。漫画道具だけでなく、自分の作品や資料で買った本が本棚からあふれている。どれも思い出が詰まっているが、他人にはゴミとしか思えないものばかりだろう。

「いらなければ、業者に任せる」

「業者に任せるって、もしかして、捨ててしまうということですか？」

「そのつもりだ」

「そんな捨てるだなんて……。もったいないですよ」

「取っておいても仕方のないものだろう。捨てなきゃ片付かない」

「それはそうですけど」

もったいない、と良彦は繰り返している。きっと、ただしに気を使ってくれているのだろう。

「まあ、好きなものを持っていってくれ。おれは経理関係の書類を整理してる」

話を切り上げて、出入り口近くのデスクに向かった。妻のデスクだった場所だ。まだアシスタントを雇う余裕がなかったとき、漫画を描くのを手伝ってくれた。その後も、領収書の整理や税理士との連絡を担当していた。

彼女が死んだあと、デスクを片付けるのが寂しくて、面倒くさいふりをして、そのままにしてあった。

しかし、仕事場を引き払う以上、片付けなければならない。妻のデスクを捨てなければならない。経理関係の書類は、過去のものでも、まとめて税理士に送ることになっている。

「もう、必要な書類なんてないと思うがな」

ただしは、自分にさえ聞こえないような小声で呟いた。佐矢子は病気が見つかって入院する前に、経理関係の書類の整理をしてくれた。そのときに交わした会話もおぼえている。

——そんなことをしなくていいよ。

——ダメよ。これは、わたしの仕事なんだから。

昨日のことのようにも、遠い過去の出来事のようにも思える。あふれてくる涙を無理やり呑み込み、上から順番にデスクの引き出しを開けた。四つあるうちの三つをのぞき込んだが、何も入っていなかった。佐矢子は昔から綺麗好きで、物を持たない性格だった。漫画や小説なら手紙や日記が見つかるところだろうが、現実は空っぽだ。いつだって現実は、地味で素っ気ない。まるで自分の心の中を見ているみたいだった。妻を失った自分は、空っぽだ。空っぽになってしまった。

もう少し、一緒にいたかった。

唐突に、そう思った。いや、ずっとそう思っている。佐矢子ともっと話をしたかった。同じ空気を吸っていたかった。二人で散歩をしたかった。旨い飯を食いに行きたかった。今さらこんなふうに思うなんて、漫画ばかり描いていたくせに——佐矢子の話を聞いたことなんてなかったくせに、我ながら身勝手なものだ。

けれど、失ってから初めてわかることもある。どれだけ彼女を愛していたか、ようやく気づいた。

自分には漫画があると思っていたのは、幻だった。筆を折ったのは、たぶん病気のせいではない。佐矢子がいなくなったからだ。

彼女が死んだあと、どうにか自分をごまかしながら描き続けていたが、ついに限界が訪れた。この机の引き出しみたいに空っぽになってしまったのだ。漫画を描く理由がなくなってしまった。

妻に読んでもらいたくて——佐矢子に褒めてもらいたくて漫画を描き続けていたんだと、やっとわかった。本当に、本当に今さらだ。

「もう遅いよ」

声に出して呟くと、また目が潤《うる》んできた。鼻の奥がツンとする。涙があふれそうだったけれど、無理やり呑み込んだ。今はダメだ。まだ泣いちゃダメだ。良彦に心配をかけてしまう。

呑み込んでも込み上げてくる感情を抑えようと、ただしは作業に戻り、机の一番下の引き出しを開けた。

どうせ空っぽだと思っていたが、その予想は外れた。忘れ去られた思い出の欠片みたいに、一冊の絵本が入っていた。それは、ただしの描いたものだった。

「懐かしいなあ……」

これを描いたときから三十年は経つだろうか。世話になった編集者に土下座されて、断り切れずに引き受けた仕事だ。絵本など描いたことがなかったから、かなり苦労した。引き受けたことを後悔しながら描いた記憶がある。土下座した編集者を呪いもした。

けれど残念なことに、漫画とは読者層が違うのか、あまり売れなかった。たくさんの図書館に置いてもらったようだが、絵本を描いたのは、あとにも先にもこの一冊だけだ。読むともなくパラパラとページをめくって、最後に改めて表紙を見た。そして胸が痛くなる。

『おもいでアパートのちいさなねこ』
ぶん　かんばやし　さやこ
え　かんばやし　ただし

妻の名前が印刷されている。自分一人では描けなかったのだ。どんなに頭を絞っても、絵本に相応しい話が思いつかなかった。そこで妻に助けを求めた。物語を作ってもらった。佐矢子は昔から児童文学や絵本が大好きで、大学で専攻していたくらいだ。藁《わら》にもすがる思いで相談すると、アイディアを出してくれた。そのあらすじは、今でもおぼえている。アパートの大家だった飼い主のおばあちゃんに先立たれたハチワレ猫のりんが、彼女が大切にしていたアパートを守ろうとする物語だ。

おばあちゃんが死んで、アパートは荒れる。ゴミが散乱し、雑草がぼうぼうと生えている。管理人がいなくなったのだから当然だ。りんは小さな身体で、ゴミを片付けて、雑草を抜こうとする。

最初は、非協力的で無気力だった住人たちだが、おばあちゃんに優しくしてもらった記憶がよみがえり、りんの手助けを始める。ゴミを拾い、草むしりをし、アパートの修繕をし、おばあちゃんがいたころの綺麗なアパートに戻そうとする。作業しながら住人たちは笑ったり、泣いたりしている。誰もが、おばあちゃんのことを思い出しているのだ。

一度は上手くいったかに思えたが、住人たちが引っ越しや病気で欠けていき、最後にはりんだけが残る。それでも、猫はアパートを守ろうとする。雨の日も風の日もゴミ拾いを続ける。

今度は、おばあちゃんの親戚や近所の人たちが、りんの手伝いを始める。アパートに住んでいるわけではない人間まで動き出すのだった。みんな、死んでしまったおばあちゃんに親切にされていたからだ。

やがて時が流れて、りんは年老いて、ほとんど歩けなくなる。そんなある日、アパートの住人だった青年が、結婚相手と一緒に帰ってくることになった。アパートを買い取って、大家になったのだった。

アパートに向かう途中、りんに元気がないと近所の人から聞き、病院に連れていこうとするが、すでに冷たくなっていた。おばあちゃんの夢を見ながら、りんはこの世から去っていく――。

絵本を描き上げてから改めて読み、ただしは妻に聞いた。

「子ども向けにしては悲し過ぎないか？」

あまりにも救いがないように思えたのだ。あんなにがんばったのに、猫は死んでしまう。

すると、佐矢子は首を横に振った。

「そんなことないわ。ずっとアパートにいられたのよ。最後には、おばあちゃんにも会えるんだから」

七十歳を過ぎた今ならわかる。ハッピーエンドなんだ、と理解できる。だから、猫に同じ名前を付けた。こんな自分にもハッピーエンドが訪れることを願って、りんに希望を託したのだ。

けれど、りんは死んでしまい、希望は潰《つい》えかけている。元気だったころの妻の姿と声が思い浮かび、ただしの頬が濡れた。必死に我慢していたのに、とうとう泣いてしまった。

泣き止《や》もうとすることさえできず、嗚咽《おえつ》が込み上げてきた。佐矢子に会いたかった。妻の声が聞きたかった。

耐えきれずに両腕で顔を隠して、デスクで泣き崩れた。迷子になった幼子みたいに、声を上げて泣いた。

○

ただしは、遺影に使った佐矢子の写真を改めて印刷し、それを胸のポケットに収めて旅に出ることにした。妻がもっと若かったころの写真もあったが、七十歳過ぎの自分とは釣り合わないだろう。

朝早くに自宅をあとにして、千葉県に向かった。八月は終わり、暦の上では秋になっているけれど、気温は三十度を超えていた。昔の夏より、ずっと暑い。

途中で倒れるのではないかと心配したが、ハイヤーで移動する予定だから大丈夫だろう。リムジンを手配してあった。広い車内は、ただしの体調に合わせた温度に調整されているはずだ。

五年前にも、こんなふうにハイヤーを使って千葉県に旅行に行った。ただ、そのときは一人ではなかった。妻と一緒だった。

「あらまあ、贅沢ねえ」

高級車の後部座席で、佐矢子が目を丸くして言った。もちろん、本当に驚いているわけではない。雰囲気を和らげようと、少しでも楽しくすごそうと気を使っているのだ。

「ああ。見栄を張り過ぎた」

冗談を言って、妻を笑わせようとしたが、上手くいかなかった。ただしの声は強張《こわば》っていて、目も真っ赤だった。

この旅行が終わったら、佐矢子は入院することになっている。手術をしても治らない病気が見つかったのだった。これが、二人きりですごす最後の時間になるのかもしれない。

いや、最初で最後の旅行だ。今まで旅行なんてしたことがなかった。新婚旅行だって、仕事の忙しさを言い訳にして行かなかった。

「見栄は大事よ」

佐矢子が真面目な顔でそう言った。


最後の旅行に千葉県を選んだのは、佐矢子だった。ただしは、海外や沖縄、あるいは北海道を考えていた。一度も行ったことのない場所に、妻を連れていってやりたかった。だが彼女は頷かなかった。

「近くの場所で、あなたとのんびりしたい」

あるいは、具合が悪くなったときのことを考えたのかもしれない。千葉なら東京に戻ってくるのは比較的簡単だ。

「でも、どうして千葉なんだ？」

近場でも、箱根《はこね》や浅草《あさくさ》、川越などが思い浮かぶ。賑やかなのが嫌なら、東京の五つ星ホテルでのんびりしてもいい。

「舟に乗りたいの」

病院で順番待ちをしているときに、テレビで見たという。小江戸といえば、川越が有名だが、千葉県にもそう呼ばれる場所があるらしい。

「香取《かとり》市にある佐原という町よ」

埼玉県川越市、栃木県栃木市と並び、江戸のように栄えた町――小江戸三市のひとつだという。

佐原は、利根川下流に位置する水郷の町で、江戸時代には利根川水運を利用した江戸との交流が盛んだった。その賑わいはこんなふうに唄われた。

お江戸見たけりゃ佐原へござれ
佐原本町江戸まさり

町並みは情緒があり、重要伝統的建造物群保存地区に選定されており、海外からの観光客も多く訪れる。

見どころは多いが、やはり目玉は『舟めぐり』だろうか。佐原の町並みを眺めながらのんびりと川下りが楽しめる。

そんな佐矢子の説明を聞きながらスマホで検索し、おおよその場所と見どころを把握し、ただしは妻に聞いた。

「三十分も乗ってるのか。大丈夫なのか？」

夫婦そろって若いとは言えない年齢の上に、彼女は病気だ。身体に障るのではないかと心配になったのだ。

「大丈夫かどうかは、舟に乗ってみないとわからない。でも舟に乗って、ゆっくり川を下ってみたいの。迷惑をかけるかもしれないけど、最後にあなたと舟に乗りたいんです」

微笑む佐矢子の顔が、滲《にじ》んで見えた。病気の彼女の前で泣くなんて、一番やってはならないことだ。どうにか涙を呑み込み、妻に文句を言った。

「最後なんて言うな」

その声は小さく、そして震えていた。文句ではなく、懇願しているみたいになってしまった。

○

香取市佐原の小野川と香取街道沿いには、利根川水運により繁栄した古い町並みが残っている。

もちろん、たまたま残っているのではなく、町ぐるみで建築物の外観の保存、再生に努めているのだ。法律や条例で建築行為を制限している、と香取市のホームページに載っていた。

だからだろう。五年前に佐矢子と一緒に来たときと、何一つ変わっていないように思えた。すべてをおぼえているわけではないが、空気は変わっていない。ただ、この世から彼女がいなくなっただけだ。

「また一緒に舟に乗ろうな」

声に出さずにポケットの写真に言葉をかけた。返事がないことが悲しくて、また涙があふれそうになる。

その涙を押し込んで、言葉通り舟に乗り、小野川を下っていった。江戸情緒の残る古い町並みが、ゆっくりと流れていく。やっぱり、五年前と一緒だ。あのとき楽しそうに景色を眺める妻の隣で、自分は何をしていただろうか？

たぶん佐矢子を見ていた。穏やかな笑顔をずっと見ていた。泣かないようにするだけで、精いっぱいだった。

漫画が世界中で読まれようと、使い切れないほどの大金を稼ごうと、長年連れ添った女房一人、助けることができなかった。人生は儚《はかな》く、ただしは無力だった。病気の苦しさや痛みをわかってやることもできず、川の流れに身を委ねていた。

「おれは、おまえみたいに笑えないいな」

誰にも届かない声で呟いた。川面には、虚《うつ》ろな目をした孤独な老人が映っている。その隣には、誰もいない。ただしは独りぼっちだった。


舟めぐりを終えたあと、佐原を見て回るでもなく、予約した宿に戻った。疲れてしまったこともあるが、五年前もそうしたからだ。ホテル自体が観光スポットみたいなものだったという理由もある。

あのとき、佐矢子と一緒に、まだ開業したばかりの『佐原商家町ホテル NIPPONIA』に泊まった。

築百年を超える古民家や蔵を含む建物を改装し、宿泊施設、飲食店などとしてよみがえらせた、いわゆる分散型ホテルだ。『佐原商家町ホテル NIPPONIA』のホームページには、こんな説明がある。

分散型ホテルとは、まちに点在している歴史や文化を持った建物を再活用し、レセプション、客室、レストランなどをそれぞれの棟に分散させ、まちをまるごと1つの宿泊空間にしたものです。

それこそ贅沢な話だが、そのとき、ホテルを堪能したとは言えない。やはり疲れてしまったのだろう。ホテルに到着すると、佐矢子はすぐに眠ってしまった。夕食も取らなかった。

それから五年後の今日、独りぼっちのただしは、昼食も夕食も取らなかった。食べなければダメだ、と医者に言われていたが食欲がないのだ。

また、予想していた以上に疲れていた。病み上がりの老いた身体に、九月の舟めぐりは負担が大きかったようだ。どうにかシャワーを浴びて、あとはベッドで泥のように眠った。ただ眠った。幸せな夢も悪夢も見なかった。

翌朝は、午前五時前に目が覚めた。相変わらず食欲はなかったが、買っておいたゼリー飲料を無理やり腹に収めた。退院してから、カロリーの大半をゼリー飲料で取っている。

小江戸観光は終わったけれど、まだ東京には帰らない。これから行かなければならない場所があった。五年前には行かなかったところだ。

仕事部屋を片付けたあの日、妻を思い出して泣いていると、良彦が一枚のメモを見せてくれた。

そこには、几帳面な筆跡でこう書かれていた。

困ったことや辛いことがあったら、
ちびねこ亭に行くといい。

小説家だった彼の父親が書いたものだという。インクは色褪せて、用紙も劣化が進んでいるが、ちゃんと読むことができた。でも意味はわからない。ただしは問い返すように呟いた。

「ちびねこ亭？」

名前だけ聞くと飲食店みたいに思えるけれど、文脈的には悩みごと相談所のような場所だろうか。病院――心療内科ではないような気がする。いずれにせよ、初めて聞く名前だ。

「おれの実家があったところの近くにある食堂です」

良彦が答えた。ただしは、彼の実家が千葉県君津市にあったことを知っている。過去形なのは、取り壊してしまったからだ。

意味は、まだわからない。疑問が深まっていた。その疑問を口にする。

「なぜ食堂なんだ？」

心療内科などメンタルケアをすすめるのなら理解できる。また、これが漫画なら、美味しい食事で癒やされて問題が解決するのだろう。

しかし、これは現実で、自分は妻に先立たれて途方に暮れている。何を食べたところで解決するとは思えなかった。

「特別な食堂なんです」

良彦が少し言いにくそうに返事をした。どこから説明すればいいのかわからないという顔をしていたが、やがて話すことを諦めたようにスマホを操作し、ただしに画面を見せた。

そこには、ブログらしきウェブページが表示されている。チョークで書いたような飾り文字のタイトルが、ただしの目に飛び込んできた。

「読んでみてください」

良彦に言われるまでもなく、文字を追いかけていた。なぜだかわからないが、ブログに惹きつけられていた。

可愛らしい癒やし系のブログ名とは裏腹に、シビアな内容だった。ブログ主は女性で、夫が海難事故に遭って行方不明になったという。

絶望的な状況だったが、遺体が見つからなかったこともあり、彼女は夫の帰りを諦めきれなかった。そのときの気持ちが、強い言葉でブログに記されていた。

「君より長生きする。絶対に先に死なない」

結婚するとき、夫はそう言いました。私に約束してくれました。

私は、その言葉を信じます。子どももいるのに、先に逝《い》くはずがありません。

こうしてブログ主は、夫と暮らした家で生活のために食堂を始める。それが、ちびねこ亭だ。

最初は経営に苦労したようだが、やがて軌道に乗り始める。きっかけは、たまたま始めたメニューだった。


食べて行けるようになったのは、思い出ごはん――陰膳《かげぜん》のおかげです。


陰膳には、二つの意味がある。一つは、不在の人のために供える食事。もう一つは、死者を弔《とむら》うための食事だ。葬式や法要のときに、死者のために膳を用意することがあるが、それも「陰膳」と呼ばれている。

もともとの意味は前者だが、最近では、死者のための膳を指すことが多いのかもしれない。

客の注文とは別に、ブログ主は夫の無事を祈って陰膳を作った。すると、死んでしまった身内や友人を弔うための陰膳を注文する客が現れた。葬式や法要でなくとも、死者を弔いたいと思う人は多い。死後何十年経っても、大切な人を忘れることはない。ふとしたきっかけで、一緒にすごした時間の記憶はよみがえる。

ブログ主は、その注文を「思い出ごはん」として受けた。陰膳という名前に抵抗があったのかもしれない。とにかく故人の思い出話を聞き、大切な人を偲《しの》ぶ料理を作り、客はそれを食べた。

奇跡が起こりました。

信じられないことが起こったのです。

思い出ごはんを食べると、死んでしまった大切な人と話すことができる。そんなふうに書かれていた。

ちびねこ亭は、死者と会うことのできる食堂だった。

○

香取市から君津市まで、ハイヤーで一時間半ほどかかった。明日、ちびねこ亭で思い出ごはんを食べることになっている。

小糸川沿いにある旅館に一泊し、翌朝七時に起きて、海辺の食堂に向かった。予約は午前九時に取ってあった。

ちびねこ亭は、旅館から徒歩二十分くらいの場所にある。まだ八時にもなっていないのだから、時間は十分にあった。歩けない距離ではなかったが、最近の九月は、油断していると危険な暑さになる。また、ちびねこ亭に行く前に寄りたい場所もあった。結局、タクシーを呼んだ。

タクシーはすぐにやって来た。『モコモコタクシー』という可愛らしい名前のタクシー会社で、運転手は自分と同世代くらいの白髪頭の男性だった。

「とりあえず人見神社まで行ってもらえますか？」

そこで三十分くらい待ってもらってから、小糸川沿いを抜けて海辺に行きたいと伝えた。

「はい」

白髪頭の男性が小さく頷き、タクシーが動き始めた。運転手は無口で、会話はなかった。話す暇もなく、人見神社に着いたということもあるだろう。

「こちらでよろしいでしょうか？」

動き出して五分もしないうちに、運転手がタクシーを停《と》めた。申し訳ないほど近かったが、人見神社は山の上にあったので、歩かないのは正解だった。今の体力では、きっと途中で疲れてしまう。すでに日射しが強かった。

「ええ。ありがとうございます」

わからない。

「それでは、三十分後にお迎えに参ります」

そんな言葉を残して、タクシーが走り去っていった。どこに行こうとしているのかは、わからない。

境内は、閑散としていた。散歩しているらしき者もいるが、そのほとんどが白髪頭の年寄りだった。

「どこに行っても年寄りばかりだな」

思わず呟いたが、他人のことは言えない。ただしだって、立派な年寄りだ。もうすぐ後期高齢者と呼ばれる年齢になる。

人見神社は、いつも閑散としているわけではないようだ。毎年七月に例祭が行われ、「神馬《おめし》」と呼ばれる神主に選ばれた神馬を伴って、人見山の石段を登り奉納する。地元の人々や観光客で混雑する。

また、御衣替神事《おころもがえしんじ》も行われる。神社の真菰《まこも》田で栽培した真菰を使って神衣を調製し、三神に着せ替えて奉納する。前年の旧い神衣は拝殿前で焚《た》き上げ、その灰を参拝者は妙薬として頂戴できるという。

「妙薬か」

ため息交じりの声が出た。もっと早く知っていれば、妙薬をもらいに来た。もちろん、自分のためではない。妻に飲ませるためだ。

どんなに医学が進歩しても、人は神さまにすがりたいものなのかもしれない。起こり得ないような奇跡を信じたいものなのかもしれない。神さまや奇跡をバカバカしいと思えるのは、きっと、どうにもできない困難に直面していないからだ。

そんなことを思いながら、人見神社に手を合わせた。佐矢子と会えますように。妻と話せますように。神さまにそう祈った。

○

タクシーは、東京湾の砂浜の前で止まった。道路はここまでで、これから先は歩いて行かなければならない。

クレジットカードで料金を支払い、海辺の道路に降りた。そろそろ九時になるが、それほど暑くなかった。風が吹いていて、気温も三十度を下回っている。どうにか歩けそうだ。

ただしは、ほっとする。三十五度を超える猛暑日だったら、短い距離でも歩くのは無理だろう。

タクシーが走り去るのを見送ってから、砂浜を踏みしめるように歩き始めた。すると、何歩も進まないうちに「ミャーオ、ミャオ」と上空から鳴き声が聞こえてきた。

「猫？　まさか」

怪訝《けげん》に思いながら、足を止め、視線を向けると海鳥たちが飛んでいた。生の鳴き声を聞いたのは初めてだが、たぶんウミネコだろう。大きく弧を描くように、九月の青空を飛んでいる。

本当に猫みたいに鳴くんだな、と感心し、ふたたび歩き始めた。海辺には誰もいない。ただ、たんぽぽの綿毛が風に吹かれて舞っていた。遠くから飛んできたのか、あるいは近くに生えているのか。

真っ白な綿毛は、まるで泡雪《あわゆき》のようだった。ふわふわと舞いながら、空中で消えてしまいそうだ。いくつもの泡雪が、風に吹かれて舞っている。視力が悪いこともあって、本物の雪に見える。九月の雪だ。

誰もいない砂浜を歩いていくと、やがて真っ白な小道に出た。神社の玉砂利のようにも見える貝殻が敷き詰められていた。電話で聞いた通りの風景だった。この白い貝殻の小道の先に、ちびねこ亭はあるという。

「ずいぶん不便なところにあるんだな」

改めて呟いた。場所を聞いたときからそう思っていたが、実際に来てみると不便さが際立つ。駅から離れているし、自動車どころか自転車も使えない。店としてやっていけているのが不思議なくらいだ。

「余計なお世話か」

肩を竦め、足を進める。白い貝殻の小道は短かった。その道を抜けたところに、小さな青い建物があった。ヨットハウスのようにも見えるが、他にそれらしい建物はないので、あれが食堂だろう。

その建物の前に看板代わりらしき黒板が置いてあり、白チョークで文字が書かれている。ただしは歩み寄り、それを読んだ。

ちびねこ亭

思い出ごはん、作ります。

何の説明もなかった。そのくせ、こんな注意書きがあって、子猫のイラストが添えられていた。

当店には猫がおります。

ただしは吹き出しそうになった。メニューも営業時間も書かれていないのに、猫についての注意書きが——しかも、イラストまで描いてあるのがおかしかった。とことん商売気がないようだ。

いろいろな性格の漫画家がいるように、食堂もいろいろなのかもしれない。誰も彼もが金儲けを第一に考えているわけではないのだ。

腕時計を見ると、ちょうど午前九時になるところだった。ただしは、ちびねこ亭の扉を開けた。カランコロン、とドアベルが鳴った。

○

「みゃあ」

いきなり歓迎してくれた。ただしを出迎えてくれたのは、茶ぶち柄の子猫だ。おすまし顔で入り口の前に座っている。

「お、黒板の猫だな」

すぐにわかった。イラスト自体は稚拙と言っていいものだったが、上手く特徴を捉えている。描いた人間は、この子猫が大好きなのだろう。

「みゃ」

茶ぶち柄の子猫が返事をした。ただしの言葉がわかるのだろうか。頷くようなしぐさも見せた。だが、こっちは猫の言葉がわからない。食堂の人間を呼ぼうと声を上げかけたとき、奥から二十代前半に見える青年が出てきた。客が来たと知って、少し慌てていた。

整った顔立ちの青年だ。華奢《きゃしゃ》なフレームの眼鏡をかけていて、清潔感のある服装をしている。見た目からして真面目そうで、好感度の高そうな青年だ。ただしの前までやって来ると、丁寧に頭を下げた。

「いらっしゃいませ。お待たせいたしました。ちびねこ亭の福地櫂と看板猫のちびと申します」

子猫の紹介までしてくれた。やっぱり人間の言葉がわかるのか、茶ぶち柄の子猫——ちびが「みゃあ」と挨拶するみたいに鳴いた。

自己紹介を返そうとしたが、顔立ちの整った青年——福地櫂の言葉のほうが速かった。

「神林ただし先生でいらっしゃいますね」

漫画家だと伝えたわけではなかったが、隠すつもりもなかった。本名で予約を入れたので気づいたのか。あるいは妻との思い出を話すうちに、漫画家だと言ってしまったのか。どちらでもいいことだった。今の自分はただの老人だ。

「もう先生ではありませんが、神林です。本日はよろしくお願いいたします」

「みゃん」

子猫がすかさず返事をした。まるで、ちびが食堂の主《あるじ》みたいだった。

ちびねこ亭の外観はヨットハウスを思わせるが、内装は山小屋のようだった。絵本に出てくる丸太小屋というべきだろうか。テーブルも椅子も木製で、ぬくもりのある雰囲気に包まれている。

店の片隅には、のっぽの古時計が置かれていて、まだ現役らしく、チクタク、チクタクと時を刻んでいる。あの有名な曲のメロディが聞こえてきそうだ。

古時計のそばには、これまた古びた安楽椅子が置いてあった。ただ、その安楽椅子は客用ではなかった。

ちびがとことことそこに歩み寄り、慣れた様子で飛び乗った。そして大きく伸びをし、眠そうに欠伸して丸くなると、「今日の仕事は終わった」と言わんばかりの顔をした。その様子が一丁前で、ただしは笑い出しそうになった。子猫を見ていると、気持ちがほぐれる。

　さらに、壁には大きな窓があって内房の海が見えた。たんぽぽの綿毛がさすらうように、ふわふわと舞い、何羽もの海鳥たちが海の上を飛んでいる。ウミネコだけでなく、カモメやトンビもいるのかもしれない。

　ただしが案内されたのは、その景色がよく見える窓際のテーブルだった。四人がけらしく、ゆったりとしている。

　福地櫂は礼儀正しいが、無口な性格らしく余計なことをしゃべらない。お茶をテーブルに置くと、いきなり本題に入る口調で言った。

「それでは、ご予約いただいた思い出ごはんを用意いたします。少々、お待ちくださいませ」

　ホテルマンのようにお辞儀をして、キッチンに行ってしまった。彼の他に、店員はいないようだ。あのブログの女性が、誰なのかはわからない。何となく質問できなかった。

　自分以外には客もおらず、これから誰かがやって来る気配もなかった。とにかく静かで、波の音がすぐ近くに聞こえる。海鳥たちが、人間にはわからない歌を歌っている。少し寂しくて、どことなく懐かしい歌だ。ただしは何も考えず、その歌を聴いていた。

　少々お待ちくださいと言われたが、十分と待たなかった。ぼんやりしているうちに、福地櫂がキッチンから戻ってきた。ガスコンロと小さな鍋、豚肉、それから野菜などをトレーに載せて持っている。

福地櫂がテーブルにトレーを置き、料理を紹介した。

「『恋する豚研究所』の豚肉です。こちらで、しゃぶしゃぶのご用意をさせていただきます」

○

恋する豚は、千葉県香取市の『恋する豚研究所』で育てられたブランド豚だ。他のブランド豚に比べても旨味成分のグルタミン酸やイノシン酸の含有量が多く、科学的にもその美味しさが証明されている。香取市まで行かなくとも、ネットショップで取り寄せることが可能だ。

『恋する豚研究所』では食堂も運営しており、恋する豚を使ったしゃぶしゃぶを食べることができる。

五年前、佐矢子と一緒に佐原に行ったときに、足を延ばして『恋する豚研究所』へ食べに行った。病気の妻に肉料理は重いかと思ったけれど、彼女は食べたがった。食堂に着き、こんな台詞を言った。

「味わうことだって、大切な旅の思い出よ」

佐原にやって来たことだけを指しているのではない。佐矢子は、これまでの人生を旅にたとえているのだ。

彼女の旅は、もう終わろうとしている。ずっと二人で旅をしてきたのに、ただしを置いて先に行こうとしている。

行かないでほしい。どうしても行くというなら、自分も連れていってほしい。その言葉を口にできない代わりに、涙があふれそうになった。寂しくて悲しくて、どうしようもなく切なかった。だが泣いてはならないとわかっていた。

楽しい旅に涙はいらない。妻だって、自分の泣き顔なんて見たくはないに決まっている。一緒に連れていってほしいなんて言ったら、彼女を困らせてしまう。ただしは無理やり笑った。佐矢子の顔が滲んで見えるのは、きっと老眼のせいだ。新しく作った眼鏡が合っていないのだろう。

「それじゃあ、一緒に食べましょう」

彼女は軽く手を合わせ、いただきますと言った。これが妻と一緒に食べる最後の食事になった。

ちびねこ亭のテーブルに佐矢子の写真を置き、彼女に声をかけた。

「それじゃあ、一緒に食べような」

いただきます、と手を合わせてから箸《はし》を持った。土鍋にはだし汁が入っていて、すでにコンロにかけられている。小さな気泡が浮かんだり、消えたりしている。沸騰するにつれ、その泡が大きくなった。

◯

一人鍋というのだろうか。ごく小さいサイズのものだった。『恋する豚研究所』で食べたしゃぶしゃぶも、一人に一つの鍋が出てきた。たぶん、これと同じ大きさの鍋だった。

最初に豚バラ肉を箸でつまみ、沸騰しているだし汁にくぐらせ、ポン酢をつけて食べた。噛む必要がないくらい柔らかく、豚バラ肉の脂が口の中でさらりと溶けた。年寄りでも無理なく食べることができた。しかし、早くも満腹になってしまった。これ以上食べたら、気持ちが悪くなりそうだ。このあたりでやめておいたほうがいいだろう。

その声が聞こえたのは、いったん箸を置こうとしたときだった。

〝もう、お腹いっぱい〟

妻の声が聞こえた。記憶がよみがえっただけなのか、実際に聞こえてきたのかはわからない。ただ、その声はくぐもっていた。

佐矢子は、五年前も同じ台詞を言った。豚しゃぶを食べたいと言ったくせに、ほとんど食べなかった。

そして、そのあとに続けた言葉もおぼえている。

〝残しちゃって、ごめんね。でも美味しいってことは、においでわかるから〟

ふいに、ちびねこ亭の鍋から湯気が立ちのぼった。エアコンの空気の流れのせいだろうか。その湯気がただしの顔に当たり、眼鏡が曇った。ただそれだけのことなのに、不思議なほど見えなくなった。何も見えない。

「昔のギャグ漫画みたいだな」

そう独りごちて、ただしは苦笑を浮かべた。こんなときでも漫画のことを思い浮かべる自分が滑稽だった。そのとき、ふいにドアベルが鳴った。

カラン、コロン。

またしても、くぐもっている。視線を向けた先では、食堂の扉が開いていた。海霧《かいむ》だろうか。ドライアイスを焚いたみたいに真っ白な空気が、食堂に入り込んできた。

誰がどう考えたって、まともな状況じゃない。窓の外も、扉の向こう側も、ミルク色の壁に覆われているように真っ白だ。

福地櫂をさがしたが、どこにもいない。さっきまで鍋の世話をしてくれていたはずの青年が、この一瞬で消えてしまった。食堂から動いていないのに、迷子になってしまったような気持ちになった。

〝……これは何だ？〟

自分の声も、くぐもっていた。身体の不調かと思ったが、どうやら様子が違う。何らかの異常現象に巻き込まれてしまったようだ。スティーヴン・キングの映画『ミスト』を思い出した。

だが、霧の中にいたのは得体の知れないモンスターではなく、可愛らしい子猫だった。ただしの呟きに返事をするように、食堂の隅から声が上がった。

〝みゃ〟

ちびが飼い主の消えた世界にいた。眠っていたはずなのに起きているだけで、異変が起こる前と変わっていない。茶ぶち柄の子猫は、開いた扉の向こう側を見ている。

〝どうなっているんだ？〟

〝みゃん〟

ちびがそう答えたときだ。足音が小さく響き、大きく開いた扉の向こう側に人影が現れた。

海霧のせいで、白いシルエットにしか見えなかった。霞《かすみ》がかっていて、顔も体形もわからない。

けれど、ただしには誰だかわかった。わからないはずがない。彼女に会いたくて、この食堂を訪れたのだから。

ちびねこ亭

思い出ごはん、作ります。

黒板に書かれたチョークの文字が思い浮かんだ。ふわふわと彷徨うように舞っていた、たんぽぽの綿毛も一緒に思い浮かぶ。幻のように美しい光景だ。

歳を取ると、現在と過去の区別が曖昧になっていく。現実と幻の違いも、だんだん、わからなくなっていく。

自分は、夢を見ているだけかもしれない。それでもよかった。願わくば、一秒でも長く見ていたい。ずっと見ていたい。

〝佐矢子……〟

大好きな彼女の名前を呼んだ。その声はくぐもっていて、誰にも届かないくらい小さかった。でも届いた。白いシルエットが返事をしてくれた。優しい声を聞かせてくれた。

〝はい。あなた〟


夢のような奇跡が起こった。一秒たりとも忘れたくないのに、本物の夢のように曖昧だった。記憶は途切れ途切れで、時間の流れも一定ではなかった。

次に気づくと、佐矢子と向かい合わせに座っていた。テーブルに置いたはずの写真が消え、そこから抜け出てきたように妻がいた。死んでしまった妻が、ただしの目の前にいる。

〝美味しそう。贅沢ねえ〟

まだ湯気が立っている豚しゃぶしゃぶを見て、佐矢子が微笑みながら言った。一緒に佐原に行ったときと同じ顔をしているが、今日のほうが元気そうだった。痛みも苦しみもない世界に行ったからだろう。信じたこともない天国が、すぐ近くにあるように思えた。

〝ああ。見栄を張り過ぎた〟

五年前と同じ台詞を繰り返すと、佐矢子が嬉しそうに笑った。そして、ふたたび、あの日の言葉を口にする。

〝見栄は大事よ〟

〝そうだな〟

ただしは頷いた。話を合わせたのではなく、その通りだと思ったのだ。見栄を張らなければ、きっと自分は生きて来られなかった。人気漫画家で居続けるのは、どうしようもなく辛かった。毎週のように締め切りが訪れる生活は、筆舌に尽くしがたいくらい苦しかった。常に追い詰められた気持ちになり、すべてを投げ出したいと思ったこともある。

しかし、投げ出さずに描き続けた。読者のためという気持ちもあったが、一番は彼女に弱いところを見せたくなかったからだ。愛する者に見栄を張るのは、男性でも女性でもあることだろう。

ただしは、妻に見栄を張り続けた。半世紀以上も気張って生きてきた。だから佐矢子がいなくなると、抜け殻になってしまった。それでもしばらく、惰性で漫画を描きはしたけれど、決して褒められるような内容ではなかった。抜け殻の描いた作品は、やっぱり魂のこもっていない駄作だった。

漫画が好きだから描き続けていると考えていたのは、とんだ思い違いだった。

〝君に褒めてもらいたくて漫画を描き続けていたんだ。だから、漫画家として生活できたのは君のおかげだ。君がいなかったら、おれは何もできなかった〟

心の底からお礼を言った。生きているあいだには言えなかったことだ。伝えたい言葉は他にもあった。

〝それなのに、君には何もしてやれなかった。君のおかげで漫画が描けたのに、おれは手柄を独り占めした〟

申し訳なかった、と謝った。インタビューを受ければ、自分一人で何もかもやったようなことを言った。妻に感謝を述べたこともない。酒も飲めないくせに、太宰治《だざいおさむ》や坂口安吾《さかぐちあんご》に憧れて、無頼派《ぶらいは》を気取るような発言をしたこともある。

〝夫としてもダメだった〟

懺悔《ざんげ》を続ける。締め切りに追われて、夫婦の時間を作ることができなかった。五年前に旅行をするまで、のんびりすごすことがなかった。

それどころか、終わらない仕事に苛立《いらだ》ち、佐矢子に八つ当たりのような真似をしたことさえある。まだ若かったころのこととは言え、自分の愚かさが恥ずかしい。少しばかり稼げるようになって、きっと天狗《てんぐ》になっていたのだ。

妻はこんなつまらない男と結婚して、さぞや後悔していることだろう。もっと別の人生があったはずだと思ったに違いない。

死者は、生者の考えていることがわかるのかもしれない。すべてを言葉にしたわけではないのに、佐矢子は静かに首を横に振った。

〝後悔なんかしていない。あなたには、いろいろな人生を見せてもらったから〟

〝いろいろな人生？〟

〝うん〟

子どものように頷き、佐矢子は続ける。

〝外国にも行ったし、海の底にも行った。宇宙にも、江戸時代にも行きました。プロ野球の選手になったり、アイドルになったり、天才料理人になったり、冒険家になったり、剣豪になったり――すごく楽しかったわ〟

ただしの描いた漫画の話をしているのだとわかった。いつだって、最初に原稿を読んでくれた。そして、必ず褒めてくれた。たくさん、たくさん褒めてくれた。

〝お話の中だけじゃないわ。わたしを絵本作家にしてくれたじゃない。あの絵本が書店に並んでいるところを見て、泣きそうになったんだから〟

仕事場のデスクに入っていた絵本、『おもいでアパートのちいさなねこ』のことを言っているのだとわかった。

〝でも……〟

あまり売れなかったと言いかけて、慌てて顔を下に向け、言葉を吞み込んだ。ここで言うべき台詞ではない。だが、やっぱり、佐矢子には伝わっていた。

〝あまり売れなかったかもしれないけど、たくさんの図書館に置いてもらったわ。たくさんの子どもたちが読んでくれたじゃない〟

事実だった。読み聞かせの定番になっているという話は聞いている。小学校に入る前の幼い子どもたちから感想の手紙を何通ももらった。妻もその感想に目を通していた。

〝小児病棟に入院している子どもから、『おもいでアパートのちいさなねこ』の漫画版を読みたいって手紙がきていたのをおぼえてる？〟

〝うん。おぼえてる〟

実際に漫画にしようと考えた。しかし、当時の自分は山のような仕事を抱えていて、その時間がなかった。そうして後回しにしているうちに、時機を逸してしまった。ますます下を向いた。後悔の多い人生を歩んできたと、今さらのように思った。

そんなただしに、妻は優しく言葉を続ける。

〝わたしも読みたい。そう思っている人は多いはずよ。あなたが漫画にした『おもいでアパートのちいさなねこ』を読みたいわ〟

その声に誘われるように顔を上げ、ぎょっとした。佐矢子の姿が消えかかっていたのだ。

死者は、この世にはいられないの。

食事が終わったら、あの世に帰らなければならないことになってるの。

大切な人と会えるのは、思い出ごはんが冷めるまで。

ふいに、そんな言葉が思い浮かんだ。誰に聞いた記憶もないのに、奇跡の終わりが近づいているとわかった。

奇跡の時間は長くは続かない。あっという間に過去になってしまう。現実でも、きっとそうなのだろう。世界は、奇跡の時間でできている。この世のすべては、いずれ通り過ぎていく時間だ。誰もが最後には、独りぼっちになってしまう。

いつの間にかコンロの火が消え、鍋が冷めかかっていた。湯気が消えてしまいそうだ。

〝そろそろ帰る時間ね〟

佐矢子が席を立った。それが合図だったように、彼女の姿が透明になった。何も見えない。しかし気配はあった。まだ、ちびねこ亭にいる。手を伸ばせば届くところに、妻はいる。

一人にしないでくれ。

一緒にあの世に連れていってくれ。

そう言いたかったが、ただしは唇を噛んでこらえた。妻を困らせてしまう、と思ったからだ。

自分はダメな夫だったけれど、佐矢子が何を考えているかはわかる。少なくとも、今この瞬間だけは、彼女が望んでいる台詞はわかった。涙をこらえながら――痩せ我慢して、その台詞を言った。

〝『おもいでアパートのちいさなねこ』を漫画にするよ。がんばって本にして、君の名前を原作者として載せてもらう〟

自分は漫画を描くことしかできない。大好きな妻にしてやれることだって、これくらいしか思い浮かばなかった。

〝ありがとう。すごく嬉しいわ。絵本に続いて、わたしの名前が漫画にも載るなんて――〟

そこで言葉を切った。消えてしまったのではなく、ただしに続きの言葉を言ってほしいのだ。

〝贅沢だな〟

どうにか言うと、佐矢子が笑った。さっきより気配が小さくなっているが、幸せそうな声だった。

〝ええ。とっても贅沢な人生でした。死んでからも、こんなおまけがあるなんて贅沢過ぎるわね〟

痩せ我慢は限界だった。こらえていた涙があふれ出し、頬を伝ってテーブルに落ちた。

〝みゃん〟

それまで静かにしていた茶ぶち柄の子猫が鳴いた。ちびの視線は、佐矢子のほうに向けられていた。まるで彼女の姿が見えているかのようだった。

〝ごちそうさまでした。すごく美味しかった〟

ちびにお礼を言い、佐矢子が歩き出した。姿が見えなくとも、足音と気配でわかる。開けっぱなしになっている扉から出ていこうとして、ふと立ち止まり、ただしに言った。

〝あなたと会えて幸せでした。今日は、本当にありがとう。わたしの夫になってくれて、ありがとう。それから、さようなら〟

別れの言葉だった。妻を追いかけたかったが、ぐっとこらえた。遠からず自分もあの世に行く。そのときまで、ほんの少しの別れだ。

そう自分に言い聞かせ、最後に見栄を張った。佐矢子に笑ってほしいと思いながら、定番のジョークを口にした。

〝これで終わりじゃないぞ。おれたちの戦いはこれからだ。神林ただし先生の次回作にご期待ください〟

妻が小さく笑った。笑ってくれた。

ふたたび足音が動き始め、そしてドアベルが鳴った。扉が閉まっていく音だった。その瞬間、向こう側の景色が少しだけ見えた。

たんぽぽの綿毛がふわふわと舞い、小さなハチワレ猫が佐矢子を待っていた。死んでしまったりんが迎えに来たのだろう。あの世は、そんなに悪いところじゃないのかもしれない。

ちびねこ亭の扉が音もなく閉まり、霧が晴れていく。

「またな」

そう言うのが精いっぱいだった。妻がいないと、痩せ我慢もできやしない。ただしは、静かに泣き崩れた。

ちびねこ亭特製レシピ

# 豚しゃぶしゃぶ

## 材料（1人前）

・しゃぶしゃぶ用豚バラ肉　100g
・白菜、えのき、ねぎなど　適量
・白だし（昆布でも可）　適量
・水　適量
・ポン酢　適量

## 作り方

1　鍋に水と白だしを入れ、軽く沸騰させる。沸騰させ過ぎないように気をつける。
2　白菜、えのき、ねぎなどを食べやすい大きさに切って鍋に入れ、しんなりするまで煮る。
3　豚肉を1枚ずつしゃぶしゃぶして、硬くならないように気をつけながら火を通す。
4　火が通ったら、ポン酢をつけて食べる。

## ポイント

白だしがない場合、昆布や顆粒《かりゅう》だしなど自宅にあるものを使っても美味しく食べることができます。また、ポン酢の代わりに、ドレッシングやごまだれもお試しください。

# シナモン猫とポテサラおにぎり

明治百年記念展望塔

富津岬（千葉県立富津公園内）の最先端にある五葉松をかたどった展望塔。眺望が良く、東京湾や対岸の景色、房総丘陵を一望できるパノラマビューを楽しめます。明治から大正まで首都防衛のために造られた第一海堡《だいいちかいほう》・第二海堡《だいにかいほう》や、空気の澄んだ日には富士山をくっきりと観ることができ、夕景も人気の場所です。

昭和46年完成。最上階の高さ21・8m。

（富津市ホームページより）

矢吹央《やぶきなかば》は、二十八歳になった。女性にもいそうな名前だが、男性だ。大学院で修士号を取ったあと、エンジニアとして日本を代表する自動車メーカーに就職した。現在は開発部に所属している。

学生時代は、周囲が引くほど勉強した。中学校、高校、大学、大学院と成績は常に上位だった。博士号を取って大学に残るものだ、と研究室の指導教授は思っていたようだ。央に期待もしていたらしい。

がっかりさせてしまったのなら申し訳ないが、最初から自動車メーカーに就職するつもりでいた。小学生のころから、ずっと自動車を作りたかった。つまり、子どものころからの夢が叶ったのだ。

しかも、職場での央の評価は高く、来期から二十代の若手主体で作られた、自動運転のプロジェクトチームのリーダーを務めることになっている。

ちなみに自動運転とは、ドライバーの介入なしに車両が自律的に走行する技術のことである。センサーやＡＩなどの先進技術を活用して、周囲の環境を正確に認識し、常に変化する交通ルールに従い、安全かつ効率的に目的地まで案内してくれるのが理想だ。

日本の技術力は世界トップクラスにあり、自動運転に関する研究開発も活発に進められている。しかし、実用化に関しては、米国の『テスラ』や『ウェイモ』、中国の『バイドゥ』などに依然として後れを取っている。

このままでは、自動運転技術市場を海外企業に席巻《せっけん》されてしまうだろう。国際競争力を失った日本の自動車メーカーは、米国や中国企業の下請けとなり、衰退《すいたい》の一途を辿《たど》ることが予想できる。そんな危機的状況にあった。国難と言い換えても、あながち間違いではなかろう。

「頼むぞ」

チームが発足することが決まったとき、社長から直々に声をかけられた。他にいくつかのプロジェクトチームがあるとはいえ、央の責任は軽くない。社運だけでなく、大げさに言えば日本の自動車産業の未来がかかっていた。

「がんばります」

央が答えると、社長は不満そうな顔をした。「任せてください」というような力強い言葉を期待していたのか。あるいは、央の表情や声、態度が自信なさそうに見えたのか。

実際に自信がなかった。それに加えて、「任せてくれ」などと請け合うことはできない。

相手が誰だろうと約束したくなかった。そんな資格はない。自分は約束を守れない人間なのだから。大嘘つきなのだから。

こんなときに思い浮かべるのは、二つ年下の妹・翠《すい》の顔だ。央は、妹との約束を守れなかった。嘘をついてしまった。

○

央は小学校のころ、地元のクラブチームでサッカーをやっていた。内房の町にある小さなクラブチームで、自宅から歩いて行ける距離にグラウンドがあった。レベルは決して高くはなかったが、少子化にもかかわらず、たくさんの子どもたちが参加していた。

小学校四年生にしてレギュラーになり、ミッドフィルダーとして試合を組み立てる役割を担った。

ミッドフィルダーは、ピッチ中央でプレーするポジションだ。チームの司令塔としてゲームの流れを作る。体力だけでなく頭脳も必要なポジションだと言われている。有名な選手も多く、花形と言っていいだろう。例えば、スペインで活躍してのちに日本にやって来たアンドレス・イニエスタや、名作漫画『キャプテン翼』の主人公である大空翼《おおぞらつばさ》もミッドフィルダーを主として活躍していた。

「頭脳派ミッドフィルダー」

央はそう呼ばれた。グラウンドのチームメートに指示を出し、試合を作ることができたからだ。全国レベルの選手には程遠かったけれど、クラブチームではちやほやされていた。

そんな中に、翠が入ってきた。兄である自分の真似をして、サッカーを始めたのだった。

女子と男子はチームが分かれていたが、名目に過ぎない。練習する場所は一緒だったし、男女混合で二チーム作って試合することも珍しくなかった。

最初、翠がサッカーを始めたとき、女の子の遊びだと軽く見ていた。自分より身体の小さな妹にできるはずがない、と思っていたのかもしれない。だが央は間違っていた。

「あいつ、ヤバいな」

普段は言葉遣いに気をつけているコーチが、驚いたように言った。あいつというのは、翠のことだ。妹は、央よりサッカーが上手かった。比べものにならないほど、上手かった。

小学校三年生にあがるころには、レギュラーどころかエースになっていた。ポジションは、フォワードだ。シュートを決めて、点を取るのが仕事だ。伝説のスーパースターであるペレやマラドーナが務めたポジションであり、その存在はグラウンドで大きな注目を集める。

翠にボールが届くと、かなりの確率でシュートを決めた。どんなに離れていようとゴールまでドリブルで持っていく。相手チームの選手たちは、翠の持つボールに触れることすらできなかった。

地元中学校の女子サッカー部の監督やコーチたちが、わざわざ妹のプレーを見に来た。正式なスカウトではなかったにせよ、「うちの中学校においでよ」と勧誘じみたことを言われていた。プロを何人も輩出しているクラブチームが、翠を引き抜きにかかっているという噂まであった。

「おまえ、すげえな」

央は妹に何度もそう言った。そのときは、まだ素直に言えた。サッカーの上手い妹が誇らしくさえあった。それは、たぶん自分に余裕があったからだ。小学校五年生の最初のころまでは、レギュラーとして試合に出ることができた。だから夢も見ていた。途方もなく大きな夢を持っていた。

「大人になったら、きょうだいでサッカー選手になってさ、一緒に金メダルを取ろうぜ」

「わかった。わたし、がんばる」

「約束だぞ」

「うん！」

翠は大きく頷き、小指を差し出してきた。三年前に死んでしまった祖母に教えてもらった約束の儀式をやろうというのだ。望むところだった。

「破るなよ」

「お兄ちゃんこそ」

そんなふうに言い合いながら、お互いの小指を絡めて、呪文を唱えるように二人で歌った。

指きりげんまん
嘘ついたら針千本飲ます

このときは、本気だった。少しだけ大人になった妹と一緒に、テレビのインタビューを受ける映像まで浮かんだ。

丸く切り抜いた厚紙に金色の紙を貼って、金メダルを作ったこともある。それをお互いの首にかけて、翠とインタビューごっこをし、サッカーをがんばろうと誓い合った。

でも、その約束は守られなかった。二人とも、プロにはなれなかった。オリンピックにも行けなかった。理由はたくさんあるが、まず何よりも央にサッカーの才能がなかったせいだろう。

　小学校六年生になるころには、ほとんど試合に出られなくなった。身長があまり伸びず、体重も増えなかった。サッカーには力も必要だ。央には、それがなかった。筋力を補うようなスピードもなく、同級生どころか後輩にも追い抜かれた。もう、誰も「頭脳派ミッドフィルダー」とは呼んでくれない。

　一方、翠は伸び続けた。央と同様、決して大柄ではなかったが、妹にはスピードとテクニックがあった。ボールを身体の一部のように操る姿は、マジシャンのようだった。「内房の魔法少女」という異名までついた。

　人は残酷で、いつだって自分のことを棚に上げて、誰かと誰かを比べたがる。誰かを褒めることは、他の誰かを貶《けな》すことにつながる場合が多い。央は格好の標的だった。ときどき試合に出ると、「妹と代わってもらえ！」「『じゃないほう』の矢吹！」と野次が飛んだ。悪口を言う連中を見返してやりたかったが、それだけの実力がなかった。ミッドフィルダーのポジションからも外され、試合に出てもボールに触れないことが増えた。

　だんだん練習をサボるようになった。私立中学校受験を控えていたこともあるが、妹と比べられるのが苦痛だった。サッカーの才能がないことが嫌だった。なまじ上手かった時期があるだけに、ボールに触ることさえできない自分に耐えられなかったのかもしれない。

サッカーの練習に行かなくても、親は何も言わなかった。もともとスポーツに疎《うと》かった上に、勉強のほうに興味があった。むしろサッカーは程々にして、私立中学校受験に集中してほしいと思っていたようだ。

塾の模擬テストで上位の成績を収め、成績優秀者として名前が載った。特に理系科目の成績がよく、算数に至っては満点だった。自分でも驚いたが、両親はもっと驚いた。

「この成績なら、どこの中学校でも行けるじゃないか」

「お兄ちゃん、すごいわね」

父母に褒められて、央は嬉しかった。勉強をして塾に行っていれば、サッカーをやっていたときみたいに、誰かにバカにされることはない。自分の居場所を見つけた気分だった。こうして、サッカーをやめた。誰がどう考えたって、普通の判断だろう。ずっと練習に行っていなかったこともあり、クラブチームのコーチだって反対しなかった。けれど妹は怒った。

ある日、塾に行こうと家の廊下を歩いていると、翠に捕まった。そして、大声で罵《のの し》られた。

「お兄ちゃんの嘘つき！　一緒にサッカー選手になろうって、約束したのに！　二人で金メダルを取ろうって、指きりげんまんしたのに！」

サッカー選手になんてなれるわけがない。ましてやオリンピックで金メダルなんて、絶対に無理だ。田舎の小さなクラブチームでさえレギュラーを取れないのだから、無理に決まっている。

厚紙に金色の紙を貼って作った金メダルも、どこかにいってしまった。子どものころの夢なんて、きっと、そんなものだ。しかし妹は許してくれない。

「約束を破っちゃダメなんだよ！　逃げちゃダメなんだよ！」

大きな目に涙を溜《た》めながら、央をなじった。翠は正しい。約束した以上、せめて目指すべきだ。

逃げるべきではない。夢に向かって努力すべきだ。それくらいのことはわかっていた。わかっていたからこそ辛かった。

「うるさい！　ぼくは忙しいんだ！　サッカーなんかして遊んでる暇はないんだよ！」

叫ぶように怒鳴った。誰にも責められたくなかった。才能がないことを、努力不足だと決めつけられたくなかった。

央が声を荒らげても、妹は負けなかった。怒った顔をさらに真っ赤にして、大声で言い返してきた。

「サッカーは遊びじゃないよ！　約束したんだよ！　わたしと指きりげんまんしたんだよ！　忘れちゃったの⁉」

問い詰められて、逃げ場を塞がれた気がした。耐えられなかった。これ以上、聞きたくなかった。

「うるさい！　黙れ！」

妹を突き飛ばして、玄関に向かった。そんなに強い力で突き飛ばしたわけではなかったのに、翠は廊下に倒れて泣き出した。「お兄ちゃんの嘘つき……」と泣きながら言う声は、さっきまで怒鳴っていたのが嘘のように小さくて、か弱かった。

「うるさい……」

そう返した自分の声も、か弱かった。まるで泣いているみたいだった。「ごめんよ」と謝って、翠を起こしてやることだってできたのに、央はそうしなかった。廊下に倒れて泣いている妹に背を向けて、逃げるように玄関から飛び出して塾に行った。

これが翠との最後の会話になった。

そのあと、翠はサッカーの練習に行った。歩いて十分もかからない場所にグラウンドがあるから、親も送っていかない。央が練習に行かなくなってからは、一人で通っていた。

その日もそうだった。そして交通事故に遭った。横断歩道の前で信号待ちをしているときに、自動車が突っ込んできたのだった。

翠に落ち度はなかった。運転していたのは八十歳過ぎの高齢者で、ブレーキとアクセルを踏み間違えたと供述している。翠の小さな身体は、その衝撃で宙に浮き、アスファルトに叩《たた》きつけられた。周囲の人々が悲鳴を上げ、やがて救急車のサイレンの音が響いた。

あんなに元気だった妹の命は消えてしまった。央と喧嘩《けんか》をして仲直りしないまま、どこか遠くへ行ってしまった。

○

二十八歳の央は、小さくため息をついた。これまでの人生で何度もついている諦めのため息だ。やっぱり、こうなったかと思う気持ちもあった。

先日の社長への受け答えが不興を買ったらしく、一部の重役から「あれで大丈夫なのか？　今からでもリーダーを変えたほうがいいんじゃないか？」という声が上がっているというのだ。返事そのものより、自信なさげな態度が気に入らなかったようだ。確かに、社長に答えた声も小さかった。

直属の上役や同僚のエンジニアたちは、央を評価してくれる。それだけの実績を積んでいるからだ。しかし、技術畑でない重役たちには頼りなく見えるようだ。特に営業畑からの評価は低い。今の社長も営業畑の人間だった。

「何もわかってないいんだよな」

同期の岩下《いわした》が、腹を立てた口調で嘆いた。央と同様、プロジェクトチームに選ばれていて、サブリーダーを務めることになっている。

岩下は子どものころから柔道をやっていて、がっしりとした体格をしている。いわゆる体育会系の性格で、乱暴な口をきくところはあったが、明るくて面倒見がよかった。後輩からの人望も厚く、上役の受けもいい。央が更迭《こうてつ》されたら、次のリーダーは岩下だろう。

「いや、わかっているんじゃないのかな。おれが上司でも、君にリーダーを任せると思う」

正直に言った。謙遜しているわけでも、自分を卑下しているわけでもない。研究者としての業績では央が上かもしれないけれど、個人の力など誤差レベルだ。岩下がリーダーになったほうが、チームはまとまるだろうし、重役連中からの援助も受けやすくなるはずだ。

「おれはリーダーって柄じゃない」

これも正直な気持ちだ。コツコツ研究をするのが得意なだけの人間で、チームを率いる力はない。

その証拠に、プロジェクトがまだ動き始めてもいないのに、社長の不興を買ってしまった。いきなり逆風に晒《さら》されている。上に阿《おもね》る必要はないけれど、嫌われるのは好手とは言いがたい。

「おいおい、おれに面倒事を押し付けて逃げるつもりか？」

岩下が冗談めかして言った。央の気持ちを和らげようとしてくれたのだろうが、逆効果だった。


約束を破っちゃダメなんだよ！　逃げちゃダメなんだよ！


片時も忘れたことのない妹の言葉が、頭の奥でこだました。あのときと同じように、自分は逃げようとしているのだろうか？　その答えは、すぐに出る。央は逃げようとしていた。逃げ出したかった。

失敗することが怖かった。また約束を破ることになるのが怖かった。自分を信じてくれた人たちを裏切ることになるのが怖かった。

央は、東京のマンションで一人暮らしをしている。会社が借り上げている物件で、通勤時間は徒歩二十分もかからない。岩下と話したあと、まっすぐ帰ってきた。コンビニやドラッグストアに寄るくらいで、会社とマンションを往復するようにして暮らしている。

もう何年も恋人はおらず、親しく付き合っている友人もいない。両親はもうすぐ定年退職の年齢を迎えるが、まだ辞めるつもりはないようだ。定年延長の手続きを取っていた。忙しく働いており、最近は話すことも減った。それを寂しいと思う気持ちもなかった。

「さてと」

誰もいない部屋でそう呟き、央は小さく息を吐いた。熱いシャワーを浴びて、ソファーに座ると身体から力が抜けた。

一人でいることが好きだった。休みの日でも、会社の研究室に行って仕事をしたり、自動車関係の専門書を読んですごしている。

絵に描いたような仕事人間の央だが、一つだけ趣味と呼べるものがあった。演劇を見ることだ。舞台という作りごとの世界で、本来の自分とは違う人間を演じる役者の姿に惹かれた。嘘が許されるところだと思ったのかもしれない。

ただ、実際に舞台を見に行ったことはない。動画で見ている。『観劇三昧』という演劇動画配信サービスに加入しているし、YouTubeにアップされている舞台を見ることもある。多くの劇団が公式チャンネルを持っているから、それを追いかけているだけでも楽しめた。

適当に見ることもあったが、今日は目当ての動画があった。演劇好きのあいだで話題になっていた舞台が、YouTubeにフルでアップされたのだ。劇団が宣伝を兼ねて、期間限定で公開したようだ。

名もない小劇団の舞台動画にしては再生回数はかなり多く、すでに十万回を超えていた。

その動画のタイトルには、こう書かれている。


『黒猫食堂の冷めないレシピ』

文字はそれだけで、あらすじも出演者名も載っていなかった。央は、かつてテレビドラマに出演していた人気俳優だった男が立ち上げた劇団だということしか知らない。先入観を持たずに舞台を楽しみたかったから、話題になっていることを知ってからは、なるべく情報や口コミを見ないようにしていた。

「どんなものかな」

正直なところ、期待はしていなかった。映画やドラマも含めて星の数ほどの物語が、SNSで話題になる。

でも、たいていは評判倒れだ。すべてを見てはいないけれど、奇をてらっただけの内容のものも多かった。

央にしてみれば、仕事と関係のない時間を持てればよかった。舞台動画を見て、現実を忘れたかったのかもしれない。

つまらなかった場合を考えて、自動運転についての専門書を手元に置いてYouTubeを再生したのだが、すぐに本のことは忘れた。名もない小劇団が紡ぐ物語に引き込まれた。

央の故郷も近い内房の町が舞台だった。『黒猫食堂』と呼ばれる食堂が海辺にあって、そこを訪れることで死者に会うことができる。ただ、生者の意思は無視される。重要なのは、死んだ人間の気持ちだった。

食事をした生者に会いたがっている死者が、次々に黒猫食堂を訪れる。その全員と会うまで料理は冷めず、不思議な時間がいつまでも続く。チャールズ・ディケンズの小説『クリスマス・キャロル』や、それをアレンジした映画『3人のゴースト』を思わせる内容と雰囲気だった。

プロットもいいが、役者も魅力的だった。劇団の主宰者でもある熊谷《くまがい》の演技は端正で、それでいて立ち振る舞いにユーモアがあった。若くしてテレビドラマで引っ張りだこだった、というのも頷ける。今でも大河ドラマの主演を張れそうだ。

さらにもう一人、とんでもない役者が出ていた。素人くさい演技をする若い女性だが、主役の熊谷を完全に食っていた。店員役の女性だ。

端役のはずなのに、完全に舞台を支配していた。煮え切らない役を演じる熊谷を殴りつけ暴言を吐き、死者にも当たりがキツい。そのくせ感情豊かで、死者の話を聞いて泣いたり笑ったりする。

央は瞬《まばた》きもせず、タブレットの画面に見入った。彼女の演じる生意気な店員から目を離すことができなかった。

舞台動画が終わったあと、しばらく呆然としていた。三十秒はそうしていただろうか。やがて、再生終了を告げるYouTubeをぼんやり眺めながら呟いた。

「……信じられない」

彼女の演技に圧倒されたということもあるが、動けなくなるほどの衝撃を受けたのは、妹の姿を見たからだ。

もちろん別人だ。わかっている。けれど、『黒猫食堂の冷めないレシピ』に登場する女性店員は、翠が大人になっていたら、あんなふうになっただろうと思わせるキャラクターだった。エネルギーにあふれていて、自分の意志を曲げないところがよく似ている。涙もろいところも、そっくりだ。

彼女に会ってみたい。

そう思いながら、動画に投稿されている感想のコメントに目を通した。絶賛のコメントがいくつもあった。央は、書き込みの中から女性店員を演じた役者の名前を見つけた。

「二木琴子《にきことこ》」

呟いてみたが、ぴんと来ない。あり得ないとわかっていながら、翠の名前があることを期待していたのかもしれない。

小さく肩を落として、他のコメントに目を通した。見当外れな批判を書き込んでいる者もいたが、好意的な感想が多かった。

だが悪意のないコメントは、どうしても似た感じになる。すべて読む必要もないので、画面から目を離そうとした。

その瞬間のことだ。不思議な言葉を視界の端に捉えた。

黒猫食堂って、ちびねこ亭がモデルですよね。

わたしも大切な人と会いました。


「ちびねこ亭？　大切な人？」

画面に問い返すように呟いた。意味がわからなかったのだ。投稿者は説明するつもりはないらしく、コメントはその二行しか書かれていなかった。「すみれ」という名前があった。何となく女性のような気がしたけれど、ネット上での性別はわからないものだ。試しにその名前をクリックしても何の情報も出てこない。プロフィールはなかった。

普段ならそこまで追いかけたりしないが、このときは妙に気になった。改めてコメントを見ようと、もとのページに戻った。そして、目を丸くした。

「あれ？」

コメントが消えていたのだった。このわずかのあいだに削除したみたいだ。「すみれ」という名前の投稿者も、もう見当たらない。

こうなると、ますます気になる。央はタブレットに「ちびねこ亭」という文字を入れて検索した。その結果、実在する食堂であることがわかった。「すみれ」の言うとおり、黒猫食堂にはモデルがあったのだ。しかも、実家のすぐ近くにあった。

○

九月が終わろうかというころに有給休暇を取って、内房の町に行くことにした。仕事は忙しかったが、有給休暇を消化するように会社に言われていたので、何の問題もなく休みを取ることができた。

実家の近くだから土地勘がある。迷うことなく海辺に着いた。何度か訪れたことのある場所だったが、食堂があるなんて知らなかった。

「ずっと昔からあるんだよな」

声に出して呟くと、いっそう不思議な気持ちになる。央が子どもだったころから存在していたのに、噂にさえ聞いたことがなかった。人は皆、こんなふうにして自分に必要なものを見落として生きているのかもしれない。

央は海辺を歩く。朝の日射しを反射した内房の海は美しく、見渡すかぎり誰もいなかった。海鳥たちの足跡と夏のにおいだけが砂浜に残っている。

三日前、ちびねこ亭に電話をかけた。予約を取ろうとしたのだ。丁寧な話し方をする若い男性が、店内に猫がいること、ラストオーダーが午前十時だということを教えてくれた。

ちびねこ亭は、朝ごはんの店のようだ。特別な理由もなく、午前八時に予約を取った。

電話の先の若い男性は、死者に会えるとは言わなかったし、央も聞かなかった。ただ、『黒猫食堂の冷めないレシピ』という動画をYouTubeで見て、ちびねこ亭を知ったと伝え、翠との思い出を話した。

普通に考えれば、死者に会えるなんてあり得ないことだ。それこそ、フィクションの世界だ。

YouTubeの「すみれ」のコメントを見たあと、ちびねこ亭のブログを発見しなかったら、央も信じなかったかもしれない。そのブログには、こんな言葉が書かれていた。

奇跡が起こりました。

信じられないことが起こったのです。

人は奇跡を求めるものだ。エンジニアや研究者と呼ばれる人々は、特にその傾向が強いのではなかろうか。大きな発見や発明のいくつかは、予期せぬ偶然の出来事――ささやかな奇跡から生まれている。例えば、アレクサンダー・フレミングがペニシリンを発見したことや、ヴィルヘルム・レントゲンがX線を発見したことが挙げられる。さらには、３M

社のポスト・イットも、強力な接着剤を開発しようとしていた際に、偶然に弱い接着剤を作ってしまったことから生まれた。偶然の中に潜むささやかな奇跡を見逃さず、それを追い求める姿勢が、エンジニアや研究者の原動力となっているのだ。

自動運転技術だって、昔の人の目には奇跡のように映るはずだ。人間の手で操縦することなく自由に動く車は、まさに魔法のような存在だ。しかし、その魔法を実現させられると信じた人間がいるから技術が発達した。

央は、翠に会えると信じたかった。そして、もし会えたなら、約束を破ったことを謝りたかった。針千本を飲まされたって構わないから、死んでしまった妹に会いたかった。

内房の砂浜に足跡を残しながら、央は歩き続けた。ブログに書かれていた食堂の住所が正確なら、ちびねこ亭はそんなに遠くないはずだ。

誰もいない海辺をまっすぐ進んでいくと、白い貝殻の小道に出た。そこに人影があった。白いワンピースを着た女性が立っていた。大きな帽子を被って、茶ぶち柄の子猫を抱いている。

思わず立ち止まり、央はその女性を見た。昭和の名作映画に出てきそうな深窓の令嬢を思わせる清楚な服装をしている。大きな帽子を被っているせいで顔は見えなかったけれど、淑《しと》やかな雰囲気に満ちていた。

彼女の周囲には、たんぽぽの綿毛が舞っていて、それこそ映画のワンシーンみたいだった。終わってしまった美しい過去を切り取った絵のようにも見える。

しばらく見とれていたが、はっと我に返った。失礼だし、これでは不審者だ。通報される前に通り過ぎようと歩き始めたときだった。

「みゃん！」

子猫が突然鳴き声を上げ、ワンピースの女性の腕から飛び出した。身軽に着地するや、タタタと走り出したのであった。

央は驚いたが、女性にとっても不意打ちだったようだ。慌てた様子で、子猫に向かって言った。

「ダメですよ！」

子猫は言うことを聞かない。女性は追いかけるが、子猫のほうが速かった。しかも、その速度のまま一直線に、央の足もとまでやって来た。

どうすることもできずに見ていると、子猫が足を止めて、妙に礼儀正しい姿勢で座った。それから、挨拶するように鳴いたのだった。

「みゃあ」

子猫と目が合った。やっぱり、央はどうすることもできない。そのまま子猫と見つめ合うような格好で固まっていた。すると、ようやく女性が追いついてきた。

「すみません！」

自分に声をかけたようだ。子猫から視線を外し、そっちを見ると彼女の顔がすぐ近くにあった。央は、ぎょっとした。この女性の顔を知っていたのだ。

「二木琴子……さんですか？」

聞かずにはいられなかった。YouTubeで見た『黒猫食堂の冷めないレシピ』の店員役の女性としか思えない顔が、央の目の前にあった。目鼻立ちからして間違いないと思う一方で、雰囲気が違い過ぎることに戸惑った。

物語の中の彼女は、セクシーと言っていい派手な服装をしていて、とんでもなく生意気だった。主演の熊谷にびんたした場面があったが、普段から男を殴り慣れている女性の行為に見えた。

一方、目の前に現れた女性は、虫も殺せないような顔をしていて、子猫を叱ることさえできていない。服装だって違い過ぎるし、どこを取っても生意気そうには見えない。他人の空似だろうかと思いもしたが、果たして本人だった。

「は……はい。二木琴子です。『黒猫食堂の冷めないレシピ』の動画を見てくださったんですよね。ありがとうございます」

おずおずとした声で、そんなことを言ったのだった。央はさらに衝撃を受ける。どうして、自分が動画を見たことまで知っているのだろうか？

央の疑問が伝わったらしく、二木琴子が種明かしをするように続けた。

「申し遅れましたが、ちびねこ亭でアルバイトをしています。矢吹央さまでいらっしゃいますよね。本日は、ご予約ありがとうございます」

二木琴子が改めてお辞儀をし、子猫が「みゃあ」と鳴いた。いつの間にか、子猫は彼女に抱かれていた。

貝殻の小道を抜けた先には、ヨットハウスを思わせる青い建物があった。黒板が置いてあって、白チョークの文字が見えた。

ちびねこ亭

思い出ごはん、作ります。

それが何なのかの説明も、営業時間さえも書いておらず、子猫のイラストが描いてあった。さらに注意書きが添えられている。

当店には猫がおります。

猫嫌いやアレルギーに配慮したのだろうけれど、商売気の感じられない看板だ。央が黒板のイラストを眺めていると、子猫が誇らしげに鳴いた。

「みゃ」

彼は「ちび」という名前で、この食堂の看板猫だった。この絵は、ちびを模したものだろう。上手下手はわからないが、やんちゃそうな特徴をよく捉えている。

ちなみに、ちびには脱走癖があった。さっきも店から抜け出して、二木琴子に追いかけられていたのだ。今は彼女に抱かれて、おとなしくしている。外を走り回って気が済んだのかもしれない。

「よろしければ、お店にお入りください」

二木琴子がそう言いながら、央のために扉を大きく開けてくれた。カランコロン、とドアベルが澄んだ音を立てた。

○

「いらっしゃいませ。ちびねこ亭へようこそ」

ちびねこ亭に入ったとたん、声をかけられた。二十代前半くらいの青年が、扉の向こう側に立っていた。フレームの細い華奢な眼鏡をかけて、真面目そうな雰囲気の青年だった。年上の人間に好かれそうな顔立ちをしている。

「先日、お電話でご挨拶させていただきました福地櫂です」

青年が改めて自己紹介をした。予約を取ったときに対応してくれた相手だった。彼の名前と丁寧な話し方をおぼえていた。彼がこの食堂の主らしい。とりあえず悪人には見えない。少しだけ、ほっとする。奇跡が起こることを信じてはいたが、その一方で詐欺《さぎ》などの可能性も疑っていた。

ちなみに、二木琴子は扉を開けただけで、食堂には入って来なかった。子猫を福地櫂に託し、そのまま外に出ていった。あるいは、アルバイトの時間が終わって帰ってしまったのかもしれない。朝ごはんの店なのだから、早朝に仕込みだけ手伝うアルバイトもありそうだ。

ちびはちびで、壁際に置いてある安楽椅子の上で丸くなっていた。眠ってしまったらしく、目を閉じている。

こうして、福地櫂と二人きりになった。思い出ごはんを作ってもらうのだから、何か話したほうがいいのだろうが、央は口下手だった。また、社交的な性格でもない。窓際の席に案内されたあとは、時間を持てあますように黙っていた。こんなことだから重役たちからの受けが悪いのだ。

だが、ここでは無理に話す必要はなかった。福地櫂が話を進めるように言った。

「それでは、ご予約いただいたお食事をお持ちいたします。少々お待ちください」

物腰は丁寧だが、客と雑談するタイプではないようだ。深々とお辞儀をして、キッチンらしき場所に行ってしまった。テーブル席からキッチンの中は見えない構造になっていて、福地櫂の視線を感じることもない。

一人でいるのが好きなくせに、急に取り残されたような気持ちになった。きっと、不安だからだ。

奇跡が起こると――妹に会えると信じてはいるけれど、懸念もあった。翠は、約束を破った自分と話してくれるのだろうか？

翠が死んだあとも、央はサッカーをやらなかった。合格した私立中学校では物理部に所属し、授業外でも勉強を続けた。高校に入ってからは予備校に通い、大学では実験漬けの毎日を送った。サッカーボールに触れていないどころか、オリンピックやワールドカップ、Jリーグの試合もしばらく見ておらず、現在活躍しているサッカー選手の名前も知らなかった。翠との約束をおぼえていながら、守ろうとさえ思わずに暮らしている。

思い浮かぶのは言い訳ばかりだ。妹との約束を破っておきながら、央はサッカー選手にならなかったことを正当化しようとしている。また、妹の死から目を背《そむ》け、いつまでも逃げ続けている。

「おれは最悪だな……」

誰にも届かない声で呟いたつもりだが、反応があった。眠っているはずの子猫が鳴いたのだった。

「みゃあ……」

目を覚ましたのかと思ったが、ちびは目を開けていなかった。安楽椅子の上で丸まったまま眠っている。どうやら寝言を言ったようだ。

猫の睡眠パターンは人間と似ていて、レム睡眠とノンレム睡眠のサイクルがちゃんとあるという。レム睡眠中の猫の脳波活動は、人間が夢を見ているときの脳波に近いという研究もあり、つまり、猫も夢を見ると言われている。

ちびねこ亭の子猫も夢を見ているのかもしれない。もしそうなら、幸せな夢を見てほしいものだ、と央は思う。悲しい夢や辛い夢を見てほしくなかった。

央は意味もなく息を吐いた。そして、二木琴子は帰ってこない。窓の外に目をやっても、人影はなかった。やはり帰ってしまったみたいだ。もう二度と会えないような気がした。

ちびのそばにある古時計の長針が何度か動いたとき、福地櫂がキッチンから出てきた。お盆を持って、央が注文した品を載せている。湯気は立っていない。当然だ。央は、その理由を知っている。

寂しいほどに静かな足音を立てて、央の座るテーブルに歩み寄ってくると、福地櫂は凪《な》いだ海のように穏やかな声で言った。

「お待たせいたしました」

テーブルにお盆を置く。そこにあったのは、おにぎりを包んだらしきアルミホイルとスープジャーだった。ちびねこ亭の主が、その中身を紹介する。

「ポテサラおにぎりと豚汁です」

央の両親は、あまり休みのない会社に勤めていた。ブラック企業という言葉が当てはまるのかはわからないが、朝から晩まで働いていた。当然のように休日でも家にいないことが多く、きょうだい二人でよく食事を作っていた。

○

作ると言っても、ゼロから作るわけではない。冷凍食品や母親が用意してくれた作り置きの惣菜《そうざい》を、電子レンジで温めるだけだ。

母は料理が得意で、いつも冷蔵庫には何かしらの作り置きが入っていた。コンロを使うことは禁止されていたが、不満に思ったことはない。電子レンジを使えばいいし、温めなくても美味しく食べることのできる料理があったからだ。

ポテトサラダ。

きょうだいの大好物だった。じゃがいも、人参《にんじん》、玉ねぎ、きゅうりをマヨネーズで和えただけのシンプルなものだったが、いくらでも食べることができた。毎日でも食べたいと思っていた。

サッカーの練習や遊びに行くときも、そのポテトサラダを使った弁当を何度も作った。

央から提案することが多かった。

「ポテサラおにぎりを持っていこうか？」

「うん！」

翠が満面に笑みを浮かべて頷く。ふたりにとっての鉄板メニューだった。それから、冷蔵庫にはスープもストックされていて、それを温めてスープジャーに入れて持っていった。母は和洋中のいろいろなスープを作ってくれたが、一番好きだったのは豚汁だ。央も翠も、冷蔵庫に豚汁のある日はテンションが上がった。

「今日は、いい日だね」

「毎日、いい日だよ」

きょうだいのお気に入りのフレーズだった。笑い合いながら、そんな会話を数え切れないほど繰り返した。

けれど、央がサッカーをやめると、その台詞を言わなくなった。一緒に出かけることもなくなった。

自分のせいで、いい日は終わってしまった。そして、その日は二度と帰ってこなかった。

電話で話しただけなのに、驚くほど正確に再現されている。子どものころに妹と食べた弁当と同じに見える。大人になった央は祈るような気持ちで手を合わせ、そっと呟いた。

「いただきます」

最初に豚汁に手を伸ばし、カップに注いだ。すると、生姜《しょうが》と味噌《みそ》の香りが立ちのぼった。特に生姜のにおいが強い。央が子どもだったころ、母は豚汁にたっぷりの生姜を入れるのが常だった。

生姜は健康にいいから、と口癖のように言っていたが、翠の死を境にして言わなくなり、翠の大好物を作ることもなくなった。突然の娘の死に深い傷を負ったのだ。母だけでなく、家族全員が癒えることのない傷を負った。

妹の葬式で目を真っ赤にしながら、泣かないように耐えている両親の姿が思い浮かび、央の目から涙があふれそうになったが、こんなところで泣いてはダメだ。いや、そもそも自分に泣く権利はない。

妹のいない世界の小さな食堂で、思い出の豚汁を食べた。大根や人参、ゴボウ、じゃがいもなどの根菜がたっぷり入っていて、自然な甘みがある。スープにコクがあるのは、豚肉を炒《いた》めたごま油の力だろう。

こんなに旨かったんだ。しみじみ、そう思った。生姜のピリリとした辛さが食欲をそそる。食べているのに空腹を感じた。

央は豚汁の入ったカップをいったんテーブルに置き、おにぎりに取りかかった。アルミホイルを剝がすと、ごはんにポテトサラダを混ぜたものが現れた。ほんの少しだけ醬油《しょうゆ》が垂らされている。子どものころ、央と翠がそうして食べていたのだ。ウスターソースを垂らしても美味しいけれど、おにぎりにして持っていくときは決まって醬油だった。

今にして思えば、ありがちな味付けだが、当時は大発見のように感じた。醬油を垂らすことを、「隠し味」と二人は呼んで両親にさえ秘密にしていた。翠と二人だけの秘密だ。

妹とすごした日々が脳裏を駆け巡り、央の視界が滲んだ。二度と戻ってくることのない時間が愛しい。あの日の記憶が、切なく胸に迫ってくる。どうしようもなく涙が流れた。泣く権利なんてないのに、泣いてしまった。

いったん食事を中断して、涙をぬぐおうと眼鏡を外した。すると、それが合図だったみたいに音が鳴った。

カラン、コロン。

ちびねこ亭のドアベルだ。自分が入ってきたときよりも、音がくぐもっているように思えるが、きっと気のせいだろう。とにかく誰かが、ちびねこ亭にやって来たようだ。客だろうか？　あるいは、二木琴子が帰ってきたのか？　結論を先に言えば、そのどちらでもなかった。

入り口の扉は大きく開いていたが、人の気配はなかった。正確には、気配を感じることができない。濃い霧がかかっているせいだ。

来たときには霧なんて出ていなかったのに、いつの間にか外界が真っ白になっていた。とんでもなく濃い霧で、乳白色の壁に入り口を塞がれたみたいに見える。電車が運転を見合わせるレベルの濃霧だ。

家に帰れるだろうか。そう心配しているうちに、ぬぐおうとしていた涙が勝手に乾いていることに気づいた。眼鏡をかけ、改めて外の様子を見ようとして、室内の異変に気づいた。

〝あれ？〟

福地櫂の姿が消えていた。思い出ごはんを用意してくれたあと、食堂にいたはずなのに見当たらない。しかも、自分の声がくぐもって聞こえる。喉か耳がおかしくなったのだろうか？

どうしようもなく心細くて、不安になった。この状況で取り残されたくなかった。とりあえずキッチンをのぞいてみようと立ち上がりかけたそのとき、扉の向こう側から声が聞こえてきた。

〝お兄ちゃん〟

自分を呼ぶ声だった。やっぱり、くぐもって聞こえたけれど、誰の声なのかすぐにわかった。

この声の主に会いに来たのだし、こんな自分を兄と呼んでくれるのは、ひとりしかいない。央は、霧の向こうの世界に問いかけた。

〝翠……だよな？　そ、そこにいるのか？〟

情けないほど声が震えていた。これから起ころうとしている奇跡に怯えているのかもしれない。

〝うん。ここにいる〟

返事があったが、食堂に入って来る気配はない。姿を見せずに外から話しかけてくるだけだ。

妹に会うために、どうすればいいのかは明白だった。央に迷いはない。思い出ごはんを置き去りにして立ち上がり、真っ白な世界に向かって歩いた。扉の向こう側にあるのは死後の世界かもしれないが、不思議と怖くなかった。不安も心細さも、奇跡に怯える気持ちも消えた。

乳白色の壁の前に辿り着き、右足を外に出した。相変わらず何も見えなかった。自分の足さえ見えない。その瞬間、背後で猫が鳴いた。

〝みゃん〟

ちびの鳴き声だった。福地櫂は消えてしまったが、茶ぶち柄の子猫は食堂にいるらしい。だが、姿を確かめている暇はなかった。

突然、乳白色の濃い霧が消え、その向こうに広がる景色が現れた。しかし、海辺の景色ではなかった。

ちびねこ亭の扉の向こう側に広がっていたのは、千葉県立富津公園だった。

央の実家から自転車で行けるところに、富津公園はある。富津岬の先端に位置していて、広大な敷地にいろいろな施設があった。プールがあって、キャンプ場があって、テニスコートまである。

妹のお気に入りは、明治百年記念展望塔だった。360度のパノラマビューで、東京湾の美しい海、房総半島の緑豊かな丘陵を見ることができ、ミュージックビデオやテレビCM、ドラマなどの撮影が多く行われていた。性格的にミーハーなところがあった翠は、そこに行けば芸能人に会えると思っていた節がある。残念ながら、一度も会えなかったが。

家から近いこともあって、妹と二人でよく行った。小学生でも気楽に遊びに行くことのできる公園だった。実際、近所の子どもたちも遊んでいた。

家に帰っても両親はおらず、遊べばお腹が空く。必ず弁当を持っていき、適当な時間にきょうだいで食べた。そのためにビニールシートも持参した。富津公園にはテーブルベンチがあるが、空いているとはかぎらないし、ピクニック気分を味わいたかったのかもしれない。

○

面倒くさがり屋だった翠は、ビニールシートを広げる央を見て、「わざわざ持って来なくてもいいよ」と言った。

「立って食べても味は変わらないじゃん」

「食べにくいし、行儀が悪い」

「お兄ちゃんは細かいよね」

「おまえが大雑把《おおざっぱ》過ぎるんだよ」

そう軽口を叩きながら、きょうだいでビニールシートに座って、ポテサラおにぎりを頬張った。妹と競争するみたいに、先を争って弁当を食べた。

そんな二人を、富津公園を根城《ねじろ》にしているらしき野良猫が見ていた。バカバカしいと思ったのか、呆《あき》れたような顔をしていた。

○

過去には戻れない。思い出は遠ざかり、あるいは美化される。そんな当たり前のことが、音も立てず崩れ去った。

富津公園があった。ちびねこ亭の扉の向こう側に、明治百年記念展望塔が現れたのだった。

その塔から少し離れたところにビニールシートが敷いてあり、さっきまで食堂のテーブルに置かれていたはずのおにぎりとスープジャーが見える。ポテサラおにぎりがあって、豚汁がカップに注がれていて、カップから湯気が立ちのぼっていた。

死んでしまった人間と会える食堂だと聞いていたけれど、思い出の場所まで出現するとは思わなかった。問うように振り返ると、食堂が消えていた。たった今、出てきたはずの扉さえ見当たらない。

〝どういうことだ？〟

理屈をさがしたが、見つかるわけもなかった。周囲には、誰もいない。ただよく見ると、風景はどこか不自然で、ところどころ霞《かす》んでいる。

自分の記憶の中の富津公園に紛れ込んだのかもしれない。たぶん、ここは翠と一緒に遊びに行っていた時代の富津公園の片隅の片隅だ。タイムスリップとは、また少し違う。あえてたとえるなら、古いアルバムの中に入ってしまったようなものだろうか。まさに思い出の中にいた。

〝幻の一種だよな〟

自分で答えを出し、ビニールシートに歩み寄り、そっと手を伸ばしてみる。ちゃんと触れることができた。実物としか思えない質感があった。

そのままビニールシートに座って、弁当に顔を近づけてみる。豚汁の湯気は温かく、においも感じた。自分の頬をつねってみると、夢とは思えない痛みがあった。幻ではないようだ。

〝……これは、現実なのか？〟

信じられない気持ちで呟いた。誰かに答えてほしかった。すると返事があった。ただし、それは人間の声ではなかった。

〝ニャッ〟

ちびねこ亭の子猫とは、違う鳴き声だ。すぐ近くで聞こえた。

弁当に向けていた視線を上げると、明るい茶色の被毛の猫がビニールシートの手前に座っていた。子猫ではなく、おそらく成猫だ。どことなく呆れたような顔をしている。この表情には、見覚えがあった。子どものころに富津公園で見た猫だ。公園を根城にしていたらしき野良猫で、妹と一緒に弁当を食べているときによく見かけた。

もちろん似た模様の猫など、世間にはいくらでもいる。けれど、央はあのときの猫だと確信していた。

〝おまえは――〟

そう話しかけようとしたときだ。望んでいた奇跡が起こった。ちびねこ亭で聞いた声が、ふたたび央の耳に届いたのだった。

〝お兄ちゃん〟

その声は言い、央のどうしようもない間違いを正すように続けた。

〝おまえじゃなくて、シナモンだよ〟

〝えっ⁉〟

雷に打たれたような声が出た。央は機械仕掛けの人形のように首を回した。すると、サッカーのユニフォームを着た小学生の翠が——死んだはずの妹が、央の隣に座っていた。

○

シナモンという名前は、妹が勝手に付けたものだ。呆れたような顔の茶色い猫を気に入っていて、家に連れて帰って飼おうとしたこともあったが、猫——シナモンは逃げ出した。そんな過去があるにもかかわらず、翠はめげていなかった。央をそっちのけにして、シナモンに話しかけている。

〝こっちにおいで。一緒にお弁当を食べようよ〟

〝ニャッ〟

返事をするように鳴きはしたものの、近づく素振りは見せない。それどころか妹を警戒するように、少し距離を取った。人間に自由を奪われると思っているのかもしれない。

〝つれないなぁ〟

妹は口を尖《とが》らせた。漫画でおぼえた台詞を言いたがるのも、生きていたころのままだ。しゃべり方まで変わっていなかった。

時の流れは容赦がない。あっという間に歳を取ってしまう。しかし、死んでしまった人間の時間は止まったままだ。二十八歳になった央と、小学生のまま時間が止まった妹が並ぶと、まるで親子のようだ。あの日から、気の遠くなるような長い歳月が流れていった証拠だ。

そう思うと胸がいっぱいになった。感情があふれてくるのに、それを言葉にすることができない。

央が言葉に詰まっていると、妹も口を閉じた。シナモンをじっと見ている。その横顔は、央が約束を破ったことを怒っていて、わざと猫に気を取られているふりをしているようでもあった。

記憶の中の空間でも時間は流れるものらしく、カップに注がれた豚汁の湯気が少しずつ薄くなっていく。

そのとき、央はふと気づいた。思い出ごはんの湯気と一緒に妹の姿が透け始めていることに。

目の錯覚だろうか？　見間違いであってほしいと願ったが、エンジニアの目に誤りはなかった。

〝ニャッ〟

シナモンが面倒くさそうに鳴き、央の目をのぞき込むように、こっちを見た。すると、その瞬間、頭の奥で声が響いた。


大切な人と一緒にいられるのは、長い時間じゃないの。

ほんの一瞬だけ。

例えば、思い出ごはんが冷めるまで。

聞いたことのない女性の声だった。央や翠の両親と同世代か少し上に思える。何を自分に伝えようとしているのかは明瞭だ。
思い出ごはんが冷めたら——豚汁の湯気が消えたら、翠はあの世に帰ってしまい、話すことはできなくなる。そう教えてくれている。

妹も同じ声を聞いたのかもしれない。翠が何かを振り切ったように央を見た。そして、問いかけてきた。

〝お兄ちゃん、もうサッカーをやってないんだよね〟

確認するような声だ。あの世から央のことを見ていたのかもしれない。知っているのだと思った。

〝うん。やってない。サッカーとは縁のない生活を送っている〟

小学生のころに戻ったみたいに頷き、正直に答えた。サッカー選手になれなかったし、なろうとも思わなかったことを伝える。

〝おまえとの約束を破った。本当のことを言うと、守る気もなかった。ごめん。本当にごめん〟

央は謝った。心の底から謝った。最後に喧嘩したときも、こうして謝っていればよかった。何かが変わったとは思わないけれど、変わらなかったとも断言できない。ちょっとしたことで歴史は変わるのだから。

妹には怒る権利がある。約束を破った央を責める権利がある。でも、翠はすぐには返事をしなかった。何秒間か考え込むように黙ってから、ようやく口を開いた。

〝謝らなくていいよ〟

小学生とは思えない落ち着いた声だった。一瞬、央に愛想を尽かしたのかと思ったが、翠の目は優しかった。

たった、これだけのやり取りのあいだにも、妹の姿は薄くなり続けている。今にも消えてしまいそうだ。

央は慌ててカップに豚汁を足したが、ダメだった。保温されているはずのスープジャーの中身も冷めかけていた。この世から消えていこうとする翠を留めることはできない。

妹は続ける。

〝お兄ちゃんは、謝る必要なんてないよ。だって、何も悪いことをしていないんだから、謝らないで〟

〝約束を守らなかったのは悪いことだ〟

央は言い返し、自分を断罪する。

〝だから、謝る必要はある。金メダルを取れなかったんだから。サッカー選手になれなかったんだから〟

妹に怒ってほしかったのかもしれない。針千本を飲みたかったのかもしれない。央は、生きていく自信を失っていた。自動運転のプロジェクトチームから逃げ出したい気持ちが、ずっと胸にあった。妹との約束を守れなかった人間が、何かをなし得るとは思えない。

身体が大人になっても、心は子どものころのままだ。人の気持ちは簡単には成長しない。また、誰もがどこかで大人になることを拒んでいる。大人になるのは、死に近づくことだ。人間も生物である以上、それを望むはずがない。

〝ぼくは約束を守れなかった。翠に嘘をついた〟

央は頑《かたく》なに言った。ここで断罪されなければ、翠に謝らなければ、妹に会いに来た意味がなくなるとさえ思っていた。

けれど、最初から意味なんてなかった。翠はすべてを知っていた。

〝サッカー選手にはなれなかったけど、金メダルは狙ってるよね。ううん、今だって金メダルだよ〟

その声は優しく、そして央を励ましてくれる。妹の声が、錆《さ》びついた央の心に語りかけてくる。

〝お兄ちゃんは、交通事故のない世界を作りたいんだよね。わたしみたいに死んじゃう人がいない世の中にしたいんだよね〟

それこそが、自動車の研究をしようと思った理由だ。翠が交通事故で死んだことで、央の人生は変わった。目標ができたのだ。勉強していくうちに、自動運転技術を知った。

自動運転技術が普及すれば交通事故は減ると言われている。少なくとも人の命を奪うような事故は減る。ヒューマンエラーがなくなり、法令違反や無茶な運転をすることがなくなるからだ。

もちろん理想と現実は違う。悪天候や道路状況、車両の欠陥など、ドライバーによるもの以外の要因によって引き起こされる事故も存在しているし、統計通りにいかないことだってあるだろう。

けれど理想に近づけようとすることで、世の中はよくなるはずだ。央は、交通事故のない世の中を作りたかった。もう、悲しい事故を見たくない。

〝お兄ちゃんがそういう世界を作ってくれたら、わたしは嬉しいな。だって、わたしが死んじゃったの、無駄じゃないって思えるもん〟

妹の声はどこまでも優しい。返事をしたいのに、涙と嗚咽が邪魔をする。央は泣いていた。翠の言葉が嬉しくて、それ以上に、小学生のうちに死んでしまった妹が悲しくて、涙を止めることができない。

人はどうして死んでしまうのだろう？

何のために生まれてくるのだろう？

その答えはわからない。どんなに考えてもわからなかった。ただ、泣き続けた。妹のことを思いながら泣いた。

悲しみに浸っていても、時間は流れていく。とうとう、この奇跡の時間の終わりが訪れた。涙で歪んだ世界から、富津公園が少しずつ消え始めた。記憶の中に戻っていくのかもしれない。

もう妹の姿は見えなかった。そこにいるのかもわからない。明治百年記念展望塔が消え、内房の海が現れた。シナモンもどこかへ行ってしまった。その代わりみたいに、ミャオ、ミャオと鳴くウミネコの声が聞こえた。

涙と嗚咽をどうにか呑み込み、央は妹に言った。姿の見えない妹に向かって言った。

〝がんばるよ。がんばるから……。がんばって、交通事故のない世界を作るから〟

すると、返事があった。ちゃんと返事をしてくれた。

〝うん〟

どこか遠くから、翠の声が聞こえた。もう一度、妹と指きりげんまんをしたかったが、その時間はなかった。

カラン、コロン。

すべての終わりを告げるように、ちびねこ亭のドアベルが鳴った。その音は、くぐもっていなかった。央は、泣き崩れた。

○

料金を支払って、ちびねこ亭を出た。長い時間が経ったように感じたけれど、まだ午前九時にもなっていない。

「さて」

そう呟いたが、あとが続かない。思い出ごはんを食べ終えてからの予定を、何も考えていなかった。

行きたい場所はなく、かと言って、まだ家には帰りたくない。普段外出しないので、どこで時間を潰せばいいのかがわからなかった。

とりあえず駅に向かうつもりで海辺を歩いていくと、キラリと光るものを見つけた。半分くらい砂浜に埋まっていたが、太陽の光を反射して輝いている。砂に隠れて、央がやって来るのを待っていたように思えた。
まだ距離があるのに、央にはそれが何なのかわかった。子どものころに妹と作った金メダルだ。

今だって金メダルだよ。

翠の声がよみがえる。せっかく乾いた頬が、また濡れた。内房の美しい海が歪んで見える。
央は、誰もいない砂浜の真ん中で足を止めて、泣きながら金メダルを見つめた。いつまでも、いつまでも見つめていた。

ちびねこ亭特製レシピ

## ポテサラおにぎり

材料（1人前）

・ごはん　1膳分
・ポテトサラダ　好きなだけ
・しょうゆ　適量
・マヨネーズ　適量
・胡椒　適量

作り方

1　ごはんをボウルに入れて、ポテトサラダを混ぜる。
2　しょうゆ、マヨネーズ、胡椒で好みの味に調える。
3　ラップでおにぎりの形に整えて完成。

ポイント

ツナやチーズ、ゆでたまごなどを加えても美味しく食べることができます。ラップではなく、海苔《のり》で巻くのもおすすめです。

# 茶トラ猫とたんぽぽコーヒー

## 『富津市史』に登場する内房線

昭和4年4月15日に外房回りと内房回りの国鉄が鴨川《かもがわ》と興津《おきつ》間で接続して、長い間待たれた房総循環線がようやく実現した。完成と同時に「房総線」と命名された。

始発駅は両国橋《りょうごくばし》駅で、当時の新聞には「神秘的常春の国のとびらがいよいよ開かれた」と大々的に報道された。富津の浜金谷《はまかなや》駅までの開通が大正5年10月11日であるから、以後13年の歳月がかかった訳である。

昭和4年4月出版された観光案内書、水島芳静《みずしまほうせい》著『俺が房総』の序に、両国橋駅長が寄せた文章に、「ここには、著名な史跡と文化財が多い。しかも、眺望は絶佳にして変化に富み、海産物は新鮮にして賞味比類なく、人情また純朴篤厚、加うるに気候四時温暖にして正に別天地の感がある。この別天地を遊覧の勝地といわずして何といおう……」と書いて房総をほめたたえている。

（『千葉県の鉄道　昭和〜平成の記憶』アルファベータブックスより）

劇団熊谷組《げきだんくまがいぐみ》

二木琴子が所属している小劇団の名前だ。主宰者の名前をそのまま付けただけで、味も素っ気もない。

最初は単に「熊谷組」だったが、建設会社と混同されることを避けて、わかりやすく「劇団」の文字を付け足したのだという。観客数もかぎられた小さな劇場で公演を行うことが多く、それすらも空席が目立った。典型的な「食えない劇団」と言っていい。

そんな劇団熊谷組がヒットを飛ばした。ゴールデンウィークに上演した『黒猫食堂の冷めないレシピ』が話題になったのだった。当初の反響はそれほど大きくなかったが、役者たちのリーダー格でもある三輪美羽《みわみわ》の意見でYouTubeにアップしたところ、あっという間にバズった。話題が話題を呼び、再生回数は十万回を超えている。ネットニュースにも取り上げられていた。

「YouTuberになったほうがいいんじゃない？」

あながち冗談とは思えない真面目な口調で、三輪美羽は言った。

そう言いたくなる気持ちは、熊谷にも理解できた。『黒猫食堂の冷めないレシピ』が話題になったが、その後に上演した舞台の評判が今一つだったからだ。客入りも伸びておらず、YouTubeにアップしてもあまり再生されない。赤字ばかりが積み重なっている。

「おれのせいだ」

熊谷は自分を責めた。主宰者として責任を感じているところもあるが、根本的な問題点を抱えていた。


——脚本が弱い。


かつて所属していた芸能事務所の会長・出水《いでみず》の言葉だ。何度か舞台を見に来たあと、感想ともアドバイスともつかない言葉を口にした。熊谷が生まれる前から芸能界を生き抜き、トップに君臨していた男は、劇団熊谷組の弱点を的確に見抜いていた。

言われるまでもなく、熊谷にはその自覚があった。自分でも、ずっとそう思っている。

これまで舞台にかけた脚本は、熊谷がすべて書いている。だが、出来がいいとは言えない。『黒猫食堂の冷めないレシピ』がたまたま上手くいっただけで、他の脚本はどこかで聞いたような内容になってしまった。劣化コピーと言われても仕方のない出来で、客入りも悪く、評判も芳《かんば》しいものではなかった。

もともと熊谷は役者だ。古今東西の名作を読むなど勉強はしているが、脚本家としては欠けているところが多い。

才能がないと言ってしまえばそれまでだが、勉強すればするほど、手垢《てあか》の付いた内容になってしまう。オリジナルと銘打っておきながら、どこかで見たような物語を舞台にかけるほど興醒《きょうざ》めするものはない。


――いい役者がそろっているのに、生かしきれていない。


これも出水に言われた言葉だ。熊谷を別にしても、三輪美羽、二木琴子たち個性的な俳優が劇団にはいる。その俳優たちの魅力を引き出すような脚本を書けていなかった。がんばらなければならないのはわかっていたが、時間がなかった。年明けに舞台を予定していた。君津市民文化ホールを押さえたのだ。

熊谷組が過去に使った会場に比べても、かなり大きい。大ホールだと、千二百人も収容できる。舞台設備も整っていて、人気芸能人がコンサートに使うことも珍しくない規模の会場だ。本来、熊谷組程度の劇団が使う場所ではない。

「いいの？　失敗したらダメージが大きいと思うんだけど」

美羽に指摘された。古株である上に、経理の手伝いをしてもらっていることもあり、劇団の懐具合も把握している。小さな会場でさえ滅多に黒字が出ないのに、君津市民文化ホールを押さえるのは無謀だと言いたいのだ。

また、これは資金の問題だけではない。大きな舞台での失敗は、精神的なダメージも大きい。たった一度の失敗がトラウマとなり、演技を続けるのが困難になる役者もいる。そして、失敗は確執を生む。劇団熊谷組がバラバラになってしまう危険性を孕《はら》んでいた。

それくらいのことは、熊谷にもわかっている。何もかもを承知の上で、君津市民文化ホールを押さえたのだ。

「上を目指すには、リスクを取らなければならないときがある。おれは、それが今だと思う」

役者なら、誰だって大きな舞台に上がってみたいものだろう。ましてや今回は、ただの舞台ではない。出水だけでなく、芸能事務所の社長・楠本《くすもと》が見に来ることになっているのだ。

劇団としてはもちろん、食うや食わずの生活を送っている役者たちにとっては大チャンスだ。

熊谷組はマネージメント会社ではないため、舞台以外の仕事を役者に紹介することはできない。しかし出水や楠本の眼鏡にかなえば、きっと道が開ける。劇団に所属しながら、芸能事務所に入ることも可能だ。

「博打《ばくち》は嫌いだが、今回は打つべきだ」

「そうね」

美羽はあっさり頷いた。最初から異存があったわけではなく、熊谷の意思を改めて確認したかっただけなのだろう。

「わたしは売れたい。テレビにも出たいし、映画にだって出たい。有名になって、お金持ちになりたい」

自分の欲望をストレートに口にした。こういう強さは、熊谷にはないものだ。美羽は、人生の主役であろうとしている。あるいは、介護施設に入っている母親孝行をしたいのかもしれない。

人には守りたいものがある。家族や友人、優しい思い出、子どものころの夢、もちろん自分自身も守りたいものの一つだ。

熊谷は、劇団員たちを守りたかった。彼らが持っている役者であることの矜持《きょうじ》を傷つけたくなかった。だから約束する。

「負ける博打は打たない。絶対に舞台を成功させる」

そのためには、しっかりした脚本が必要だった。そして、熊谷には心当たりがあった。

○

この世界は、不思議な出会いに満ちている。一つの出会いが次の出会いを生むことも珍しくない。人生は本当に予測不可能で、ときにはまったく予期していなかった出会いが未来を変える。

千葉県君津市にある小さな霊園で、その人物と出会った。そこには、福地櫂の母親・七《なな》美《み》が眠っている。ちびねこ亭を作った女性で、人柄も料理も温かかった。本当に温かかった。長い時間を一緒にすごしたわけではないが、忘れられない人物だった。この町に来るたびに、熊谷は墓参りをしている。

熊谷以外にも、彼女を慕っていた人間は多く、墓前に花が絶えることはない。供えられた花たちが季節の移ろいを教えてくれる。

九月下旬のある朝、熊谷は墓参りに訪れた。ちびねこ亭に行くつもりでいたが、思い出ごはんの予約が入っているという。思い出ごはんのときは、店が貸切状態になるため行っても無駄だ。

ちびねこ亭のラストオーダーは午前十時だから、そろそろ終わるころだろう。また今日は、琴子も内房の町に来ているはずだ。熊谷の見たところ、福地櫂と琴子は惹かれ合っていた。

「二人だけにしてやるか」

頼まれてもいないのに、そんなことを呟き、閑散としている霊園を歩いた。福地家の墓は、この霊園の隅のほうにある。半月ほど来なかっただけなのに、新しい墓石がいくつか目についた。

人はいつか死ぬ。

遅いか早いかの違いだけだ。

わかっているが、誰かの死を見るのはやはり悲しい。いくつかの墓石には享年が彫られていて、幼い子どものものもあった。夏よりも淡い秋の優しい日射しを受けて、寂しげに墓標が佇《たたず》んでいる。

「神さまってやつは、何を考えているんだろうな」

声が震えた。熊谷は、我が子——翔真《しょうま》を不慮の事故で失っている。翔真の墓も、この霊園にあった。すでに墓参りを終えている。別れた妻のすみれが訪れたのだろう。新しい花が墓前に供えられていた。真っ白な百合《ゆり》の花だった。灰色にくすんだ墓地で、過ぎ去った夏の光を集めるように咲いていた。

我が子の墓前に戻りたい衝動に駆られたが、劇団の主宰者としてすべきことがあった。後ろ髪を引かれながら、熊谷は足を進め、墓石のあいだを縫うように進んでいくと、人影が見えた。洒落たベージュのスーツを着た九十歳近くの老人が、七美の墓前で手を合わせている。

やっぱり、ここにいた。熊谷は安堵《あんど》の息をそっと吐き、その老人に声をかけた。

「おはようございます、緑山《みどりやま》先生」

○

人は習慣の生き物だ。毎日の通勤や買い物などの際に、同じ顔を見かけることは珍しくない。例えば、毎朝同じバス停で待つサラリーマンや、駅前のコンビニで働くアルバイトなど、名前も知らない顔見知りがいる。そんな人間がこの霊園にもいた。彼の名前は、緑山春一《はるいち》だ。

毎月のように墓参りに訪れるうちに顔見知りになり、言葉こそ交わさなかったが、会釈をするようになった。

しかし、その老人が緑山春一だとは思わなかった。これまで何度も写真を見ていたはずなのに、まさか当人だとは気づかなかった。

緑山春一は、昭和から平成初期にかけて活躍した脚本家だ。テレビや映画の仕事をしなかったから、一般にはあまり知られていないけれど、舞台の世界では伝説的な人物だ。日本よりも海外で注目されていて、ブロードウェイやハリウッドから声がかかったが、面倒くさがって断ってしまったという逸話もある。

時の流れによって、彼の存在は徐々に人々の記憶から薄れていった。いつのころからか、彼の脚本が舞台にかけられることはなくなり、名前を聞かなくなった。かつて頻繁に取り上げられていた演劇雑誌からも消えた。多くの人々が、緑山春一は死んだと思うようになったのではなかろうか。熊谷もその一人だった。

緑山春一が生まれたのは太平洋戦争前であり、九十歳近い計算になる。男性の平均寿命をとうに超えている。死んでしまったと考えるのも、仕方のない面があった。

だが、緑山春一は生きていた。足が悪いのか杖《つえ》をついてこそいるが、背筋は伸びていて、ダンディな服装をしている。まだ暑さの残る中、パナマ帽をかぶりスーツを着ていた。晩年のフランク・シナトラに雰囲気が似ている。この年齢の男性にしては身長も高く、かなりの二枚目だ。

緑山春一だと知ったのは、琴子のおかげだ。彼女も、櫂の母親の墓参りを欠かさない。この霊園でたまたま三人一緒になったときに、琴子が老人を「緑山先生」と呼び、熊谷は目を見張った。

どこにでもある名字ではあるまい。演劇関係者なら、真っ先に緑山春一を思い浮かべるのは当然だ。

失礼を顧みず聞いたところ、やっぱり本人だった。ちびねこ亭にも、何度か足を運んでいるとも言った。

ちなみに、琴子は緑山春一を知らなかったようだ。櫂が「緑山先生」と呼ぶので、真似ていただけらしい。熊谷が伝説の脚本家だと教えると、琴子は目を丸くして驚いていた。

○

七美の墓前に線香を供え、静かに手を合わせ、瞑目《めいもく》して七美の冥福《めいふく》を祈った。しばしそのまま静寂に浸ったあと、熊谷はゆっくりと目を開け、一歩引いた場所に立つ緑山に話しかけた。

「今日は、先生にお願いがあります」

挨拶を済ませていたとは言え、唐突な切り出し方になってしまった。不躾だと受け取られても仕方のないところだが、老人は穏やかな声で応じた。

「お願い？　何だね」

緑山は優しい。ブロードウェイやハリウッドの誘いを素っ気なく断った男とは思えない。表現者として頑固で気難しいところはあるだろうが、穏やかな人柄だ。少なくとも墓前ではそう見える。

「先生の脚本をやらせていただけませんか？」

単刀直入に頼んだ。熊谷が劇団をやっているということは伝えてある。すぐに返事があった。

「わたしの脚本を？　昔、書いたものを使いたいということかな」

「そうではありません」

熊谷は遠慮がちに首を横に振った。緑山春一の脚本はほしいが、何でもいいわけではない。大物脚本家だけあって、大劇団のために書いたシナリオが多かったのだ。そういう内容の脚本は、熊谷組のカラーにも合っていないし、そもそも小さな劇団では到底できない。

「新しく書いていただけませんか？」

「無理を言わんでくれ。三十年も前に引退しているし、もう九十歳になるんだ。新作なんて書けるわけがないだろう」

緑山は苦笑いを浮かべた。そんな仕草さえ絵になっていた。脚本家ではなく役者になっても成功しただろう、と思わせるほどの華があった。まるでクリント・イーストウッドのように年老いてもなお、主役を張れそうな雰囲気を持っている。

その圧倒的な雰囲気に気圧《けお》されながらも、熊谷は切り込む。

「舞台にかけたことのない脚本がある、と伺いました」

「そんなもの、あったかなあ……。まあ、あったとしても、舞台にかけられない程度の駄作だろうよ」

とぼけようとしているが、芝居は上手くない。熊谷の言葉を聞いた瞬間、目つきが鋭くなったのを隠せていなかった。

ここが勝負どころだ。緑山の刺すような視線から目を逸《そ》らすことなく、熊谷は言葉を継いだ。

「戦争で顔に傷を負った女優の物語だと聞きました」

言ってはならないことを言ってしまったのかもしれない。緑山の顔から表情が消え、声のトーンが低くなった。

「誰から聞いた？」

穏やかな老紳士の仮面を脱ぎ捨てたように見えた。九十歳近いとは思えない迫力がある。心臓に冷たい刃を突きつけられた気がした。

「出水さんです」

大手芸能事務所で長年トップを張っていた出水は、顔が広く、いろいろなことを知っている。緑山とも古い知り合いであるらしい。

劇団熊谷組の評判が芳しくなかった舞台を見て、「脚本が弱い」「おまえは役者であって、脚本家ではない」と指摘したあと、緑山春一の話を始めたのだった。それは、太平洋戦争直後から始まる長い物語だった。

その物語は、こんなふうに始まった。


過去の出来事を語り継ぐのは、生きている者の役目だ。

ましてや、おまえは表現者だろう。

この世界に、二人の天才がいたことを世間に教えてやれ。

そのうちの一人は、緑山春一だろうと見当をつけた。だが違っていた。時代の波に呑まれ、名前を知られることすらなく消えていった天才が存在していたのだ。

○

こんなに長生きするとは思っていなかった。叶うことのない夢を追いかけているうちに、米寿を過ぎてしまった。思い残すことはあるが、年老いた自分にできることは少ない。

緑山春一にとって生きることは、諦めることだった。長生きすればするほど、諦めなければならないことが増えていく。いずれ夢を見たことさえ忘れてしまうのかもしれない。

「出水から聞いたのなら、未完だと知っているはずだ。未完で終わった理由も聞いただろう？　あれは、彼女のための脚本だ」

誰かに渡すつもりもなければ、完成させるつもりもない。春一は素っ気なくそう言った。熊谷という若者のことは嫌いではないが、それとこれとは話が別だ。別の誰かが演じていい脚本ではなかった。舞台にかけたいと言われることさえ不快だった。

「他を当たってくれ」

不機嫌に言って、熊谷の前から立ち去ろうと背中を向けた。「先生、待ってください」

と呼び止められたが、返事もせずにそのまま帰るつもりだった。実際に霊園の出口に向かって歩き出していた。

そんな春一の気持ちを挫《くじ》いたのは、猫の鳴き声だった。

「みゃあ」

今まで墓石の陰に隠れて見えなかったが、二人の若者がこちらに向かって歩いてきていた。福地櫂と二木琴子だ。ちびねこ亭でも、この霊園でも、何度か会っている。親しいとまでは言えないにせよ、二人は孤独な老人の話し相手になってくれる。

改めて視線を向ける。琴子は白い花を持っていて、櫂は猫用と思われるバスケットを持っている。飼い猫のちびを墓参りに連れてきたのだろう。

七美はこの子猫を可愛がっていた。病室のベッドの枕元に、ちびの写真が置いてあったことをおぼえている。


仲よくしてやってくださいね。

最後に見舞いに行ったとき、彼女はそんなふうに言った。病気が進んで、半分眠ったような状態で口にした言葉だったから、春一に向けたものではなかったのかもしれない。

だが、その言葉を思い出してしまった以上は、話を切り上げて帰ることはできない。春一はため息をつき、七美の眠る墓石の前に戻った。

「おはようございます。お墓参りに来ていただいたんですね。いつも、ありがとうございます」

耀が、春一と熊谷に頭を下げた。一緒にいる琴子もそれに倣《なら》った。相変わらず礼儀正しい若者たちだ。

「おはよう。たいしたことはしていないよ。それに、七美さんには世話になったからね」

春一は挨拶を返した。耀の母親とは、この霊園で知り合った。こんな言葉があるのかわからないが、墓参り友達だった。

この霊園の片隅には、春一の古い知り合い――いや、憧れの女性が眠っている。遠い昔に死んでしまったが、今でも舞台に立つ彼女の姿を鮮明におぼえている。つまり、俳優だった。

それは秘密でも何でもなかった。七美には話していたし、耀や琴子も古い墓標の存在を知っている。

「お花を持って参りました。そちらのお墓にも、お供えしてよろしいでしょうか?」

琴子に問われた。彼女の持っている白い花は、カラーだった。この町で栽培されている植物で、気高いまでに美しい。カラーの名前自体が、ギリシャ語の「カロス（美）」から生じたと言われているほどだ。「乙女の淑やかさ」や「壮大な美」という花言葉を持っている。彼女にぴったりの花だ。

琴子はちびねこ亭でアルバイトをしているが、今日は仕事ではなかったようだ。わざわざ千葉県までやって来て、カラーを買いに行くなどして、墓参りの支度を整えていたのだという。

七美のついでであろうと、春一の大切な人のために花を用意してくれるその気持ちが嬉しかった。春一がいないときも、こうして供えてくれているのだろう。胸の奥に温かいものが広がった。

「ありがとう」

礼を言う声が湿ってしまった。春一は、霊園の片隅にある苔《こけ》むした小さな墓に目を向けた。ひっそりと朽ちていこうとしていた。

「失礼いたします」

琴子は彼女の墓石にそう声をかけてから、純白のカラーを供えた。春一が改めて手を合わせると、櫂も琴子も、熊谷も手を合わせてくれた。

墓石が九月の日射しを受けて、手向《たむ》けられたカラーの花が小さく揺れた。風が出てきたのだろうか？　春一は、その風を感じることができない。もう何年も――何十年も感じていなかった。

「みゃあ」

ちびねこ亭の子猫が小さく鳴いた。墓参りをするためにバスケットから出してもらい、ハーネスを付けられている。

普段はやんちゃな猫だが、霊園ではおとなしかった。歩き回ろうとすることもなく、朽ちかけた墓をじっと見つめている。猫に死はわからないだろうが、彼女の死を悼んでくれているように思えた。

ありがとう、と春一は声に出さず子猫に伝えた。

それから、彼女だけではなく、生きているのか死んでいるのかわからない、もう一人の天才のことを考えた。

○

しばらく手を合わせたあとで、櫂が肩にかけているカバンから魔法瓶を取り出しながら言った。

「温かい飲み物を持ってきました。一緒に飲みませんか？」

「みゃん」

子猫が賛成するように鳴いた。たまたまに決まっているが、あまりのタイミングのよさに春一は頬を緩ませ、「ありがとう。いただくよ」と答えた。

霊園にはベンチが設置されていて、春一たちはそこに移動した。設置されたばかりで、まだ真新しい。

春一が墓参りに来ていることを予想していたのか、櫂は人数分のカップを持っていた。

「どうぞ」

魔法瓶を開けて、カップに注いでくれた。濃い琥珀色《こはくいろ》をしていて、コーヒーのように見えたが、立ちのぼる香りが違う。コーヒーよりずっと優しくて、ほのかに花の甘いにおいがする。

「コーヒーじゃないよな？」

熊谷は、この飲み物を知らないようだ。不思議な飲み物を見るような顔で聞いた。櫂はもったいぶることなく答える。

「ええ。たんぽぽコーヒーです」

君津市清和《せいわ》地区に住む友人にもらったものだという。ちなみに、非売品ではない。その友人が飼っていた黒猫、フクちゃんの名前を冠した『フクちゃんのたんぽぽコーヒー』という名前で販売しているものだ。

「カフェインが含まれていないので、身体に優しいんです。妊娠中の女性でも飲むことができます」

「へえ」

熊谷が感心したように相づちを打ち、早速、たんぽぽコーヒーに口を付けた。

「コーヒーとは違うが、コーヒーみたいだな」

そして、わかったような、わからないような感想を口にした。他にたとえようがないのかもしれない。

「だろうな。代用コーヒーと呼ばれた時代があるくらいだからな」

春一は静かに言った。遠い昔のことを思い出していた。たんぽぽコーヒーは、春一にとっては思い出の飲み物だった。

ちびねこ亭の思い出ごはんを食べると、この世にいない人と会うことができるんです。

そんな言葉が思い浮かんだ。七美や櫂から聞いたのではない。仕事で世話になった人間の見舞いに行ったとき、その病院で車椅子の女性と知り合い、彼女がちびねこ亭を知っていたのだ。

どうして話すようになったのかも、なぜ、ちびねこ亭の話になったのかもおぼえていないのに、その言葉だけは脳に刻まれている。

それ以前から、思い出ごはんの噂は知っていた。七美からも聞いていたし、ちびねこ亭のブログを読んだこともある。

不思議な話だが、まさかとは思わなかった。この年齢になると、あの世から死者が訪れることもあるだろう、と受け入れることができる。

七美が入院したのは、彼女たちに会うために、ちびねこ亭を訪れようと思っていた矢先のことだった。いずれ退院するだろうと思っていたが、死んでしまった。親しい人間の死は悲しく、取り残された気持ちになる。七十年以上もその気持ちを味わっていた。

「先生もどうぞ。温かいうちにお召しあがりください」

櫂にすすめられ、春一は、たんぽぽコーヒーを顔に近づけた。これを飲むのは、久しぶりだ。

「いい香りだ」

そう呟き、はるか遠い過去を思い出した。未来のない年寄りの目には、いつだって昔の景色が映っている。

○

当時、十歳を過ぎていたはずなのに、戦争中の記憶はない。戦争が激しくなる前に、地方の知り合いの家に疎開し、何不自由ない生活を送ったからだろう。

春一の父親は東京の下町を治めていた地主で、緑山家は裕福だった。一族全員が裕福だった。顔も広く、どこに行っても、ちやほやされた。戦争に行った人間もいなかった。

そして戦争が終わると、何事もなかったかのように東京に戻ってきた。裕福な人間には運も味方するのか、東京大空襲で町全体が焦土と化したのに、緑山家の屋敷は無事だった。

地主だった父は、親戚が経営していた紡績会社の社長になり、それから、議員になった。ずっと戦争に反対していたような顔で、平和を訴えている。裕福だった生家は、さらに裕福になった。

何事もなければ、春一も似たような道を歩んだだろう。大学に行って、役人になったかもしれない。政治家になった自分を思い描いたこともある。だが、そのどれも選ばなかった。

　春一が十三歳のとき、昭和二十二年、戦争の傷跡も生々しい焼け野原で、ある俳優の演技を見たことで人生が一変した。

　そこに建物やステージがあったわけではない。まだ瓦礫《がれき》の積まれている原っぱに数人が集まり、芝居をしていたのだ。空襲によって多くの建物が焼失した結果、青空教室や青空お見合いが行われるようになり、芝居も同様に空き地で行われることがあった。

　戦時中、宝塚歌劇団さえ公演中止を余儀なくされ、存続の危機に立たされていた。多くの劇団や俳優たちが消え去ったかに見えたが、彼らは終戦後、不死鳥のごとくよみがえった。

　例えば、昭和二十年に公開された『そよかぜ』は評判になり、主題歌である『リンゴの唄』は歴史に残る大ヒットとなっている。当時の日本国民で、この歌を知らない者はいなかっただろう。

『そよかぜ』に主演し、『リンゴの唄』を歌った並木路子《なみきみちこ》は戦前の松竹《しょうちく》歌劇団の娘役スターとして活躍し、多くの映画に出演した俳優だが、彼女も戦争で多くを失っていた。東京大空襲で母親を亡くし、自身も左目に後遺症が残る怪我を負い、さらに、初恋の人や父、兄も戦死していた。多くのものを失いながらも、演技をし、大声で歌ったのだ。

そんな有名俳優だけでなく、戦争に奪われた青春時代を取り戻すように、芝居に打ち込む若者たちの姿を各地で見ることができた。

素人丸出しの稚拙な演技もあれば、道行く人々が足を止めるような熱演もある。その日、父親に用事を言いつけられて、たまたま、焼け野原を通りかかった春一が目にしたのは、まさに後者だった。

最初に聞こえてきたのは、女性のどこまでも通っていくような声だ。大声を出しているわけでもないのに、町の喧騒《けんそう》を押し退《の》ける力があった。

安寿《あんじゅ》恋しや　ほうやれほ
厨子王《ずしおう》恋しや　ほうやれほ
鳥も生《しょう》あるものなれば
疾《と》う疾う逃げよ　逐《お》わずとも

森鷗外《もりおうがい》の『山椒大夫《さんしょうだゆう》』の有名な一節で、盲目の母親が生き別れになった子どもたちを思いながら雀《すずめ》を追う場面である。

見ている者たちは立ち止まり、涙を流している。ぼろぼろの軍服を身にまとい、号泣している復員兵もいた。親が我が子を思う気持ちなどわからないはずの春一も、気づくと泣いていた。

盲目の母親を演じているのは、まだ若い女性だった。春一より十歳くらい上だろうか。いや、もっともっと年上に見えた。

老婆の衣装を着ているわけでも、年寄りに見えるような化粧をしているわけでもないのに、我が子を思う老いた母親に見えた。ただ女性の顔には、大きな火傷《やけど》痕があった。メイクではないだろう。

戦争が終わったばかりの時代のことで、傷痕を持つ人間は珍しくなかった。人も町も傷だらけで、東京の町中にさえ焼け焦げた瓦礫が残っていて、この野原でも空襲で焼けた木の幹が古い骨のような姿を晒していた。実際に人骨であってもおかしくないのだ。東京大空襲のときには、焼け爛《ただ》れた骸《むくろ》がいくつも転がっていたというのだから――。

春一は、盲目の母親を演じる女性から目を離せなかった。どうしようもなく惹かれた。恋に落ちることは、まるで雷に打たれるようなものだ。そこに理屈はない。なぜ雷に打たれたのか説明することは難しい。

それは一瞬の閃光《せんこう》に過ぎないが、その閃光で人は変わってしまう。つまり、彼女を好きになってしまったのだ。十三歳の少年は、一回りも年上の女性に恋をした。春一の初恋だった。

子どもの気楽さと一途《いちず》さで、毎日のように彼女に会いにいった。正確には、一人の観客として焼け野原の舞台を見にいった。

復興に向かってはいたが、裕福な人間は一握りしかいなかった。終戦後も、庶民の飢えは続いていた。むしろ国民一人あたりの食料・衣料・燃料供給量の低下は、戦後のほうが深刻だった。

ボロ雑巾のような衣服をまとった子どもや戦災孤児も多い中で、身なりのいい春一は目立ったのだろう。焼け野原の舞台に足を運んでいるうちに、彼女のほうから声をかけてきた。

「お坊ちゃん、芝居に興味があるんですか？」

少し離れた場所から、そう問われた。清らかな声だった。春一を良家の子息だと思ったのだろうが、普段から丁寧な話し方をする女性でもあった。

「は……はい」

はにかみながら、精いっぱい大人ぶって返事をした。すると、相変わらず離れた場所から彼女が問いを重ねた。

「お名前を伺ってもいいかしら？　わたくし、姫宮雪《ひめみやゆき》と申します」

美しい名前だ。本名なのかはわからない。芸名のような気もするが、春一は聞き返さなかった。

「緑山春一です」

名乗ると、彼女――雪さんは「春一さん。いい名前ですね」と微笑んだ。

春一は自分の名前が平凡に思えて、今まであまり好きではなかったけれど、この瞬間から好きになった。

○

「ずっと筆名を持たなかったのは、雪さんに本名を褒めてもらったのが嬉しかったからだよ」

気づいたときには、若者たちを相手に昔話を始めていた。年寄りの昔話が退屈なのは、聞き手のことを考えずに、自分の思い入れだけを語るからだ。脚本家として名を馳《は》せた春一も、その例外ではなかった。悪癖を改めることなく言葉を続けた。

「最初は、役者になろうと考えた。もちろん、雪さんの相手役になりたいと思ったからだ」

笑われるかと思ったが、櫂も琴子も、熊谷も真面目な顔で聞いている。苔のむした古い墓石から視線をあげると、澄んだ青空が広がっていた。それは、七十五年前と同じ色をしていた。いろいろなものが変わってしまったが、春一の目に映る空の色は変わらない。

どこからともなく、たんぽぽの綿毛が飛んできた。遠い昔から迷い込んできたように思えたのは、きっと、自分が感傷的になっているからだろう。たんぽぽなど、どこにでも生えている。

「どうして役者にならなかったんですか?」

熊谷が聞いてきた。その答えは単純なものだった。

「雪さんの一座には、脚本を書く人間がいなかったからだ。みんな、裏方よりも演技をやりたがった」

今でもあることだろう。演技をやりたい人間は集まっても、物語を作ることのできる者がいない。

「君たちの劇団だって、そうなんだろ? 脚本家がいなくて困ってるんじゃないのかね?」

「その通りです」

熊谷が苦笑いを浮かべて頷く。物語を紡ぐ才能のある人間は存在しているが、それを見つけるのは容易ではない。小さな劇団となれば尚更だ。

「今まで自分が脚本を書いていたんですが、満足できるものを書けないんです」

「きみが役者だからだ」

春一は、熊谷に言った。いい脚本を書く役者もいるが、多くの場合、片手間にやっているという印象を拭えない。よほどの天才でないかぎり専念したほうが、よい脚本を書くことができる。

「脚本家は、目立ってはいけない役割だ。役者に新しい命を吹き込み、舞台という新しい人生で輝かせるのが仕事だ」

一般的な意見なのかはわからないが、春一はそう思って脚本を書いてきた。黒子《くろこ》に徹したつもりだ。

「雪さんを輝かせることができたんですね」

今度は、櫂に問われた。偉そうなことを言ったのだから、当然の質問だろう。だが、春一は頷くことができない。雪さんの墓前に手向けられた白く美しい花を見ながら、小さな声で答えた。

「いや、できなかった」

雪さんたちを「劇団」と言ったが、実際にはずいぶん違う。ただ単に、芝居好きの人間が集まっていただけだった。団体としての体裁は整っておらず、そもそも整えるつもりさえなかったようだ。

○

裕福な身分の者はいなかった。焼け野原にやって来る全員が生きるために働いていた。そのため、芝居をするのに十分な人数が集まらず、一人二役、三役、ときには、それ以上をこなすことも珍しくなかった。

脚本にしても、あってないようなものだった。誰もが知っている有名な話を、適当に配役し、いい加減に演じていたのだ。稽古などもしていなかっただろう。台詞も動きもメチャクチャだった。焼け野原を根城にしている野良猫が呆れたような顔で、素人芝居を見ていた。

しかし、焼け野原に集う人々は輝いていた。そして、誰もが楽しそうに芝居をしていた。春一は、そんな役者たちの姿を飽きることなく見ていた。この芝居好きの人々の一員になったつもりでいたのだ。実際、ときどきだが、雪さんたち焼け野原劇団に交じって、演技の真似事をすることさえあった。

芝居は楽しかった。このまま役者になろうか、と真剣に思い始めたときだ。雪さんに言われた。

「ねえ、坊っちゃん」

このときも、雪さんは自分と少し距離を置いた場所にいた。春一を嫌っているわけではないようだが、あまり近くに来なかった。顔の火傷を見られたくないのだろう、と子どもだった春一は思っていた。

「大きくなったら、わたくしたちのために脚本を書いてくださいな。もちろん、わたくしが主役じゃなきゃ嫌ですよ」

雪さんは言った。笑い声が交じっていて、明らかに冗談を言っている口調だ。けれど、春一は冗談にしなかった。

「わかりました。絶対に書きます」

十三歳の子どもにできる精いっぱいの約束だった。あるいは、愛の告白のつもりだったのかもしれない。

返事を聞いて、一瞬、雪さんは驚いた顔をしたが、春一の真剣な気持ちに気づいたらしく、すぐに真面目な顔になった。

「それじゃあ、お願いします。わたくし、坊っちゃんの脚本が完成するのを待ってますから」

ずっと、ずっと待ってますから。

雪さんはそう繰り返した。でも、その言葉は嘘だった。雪さんは、春一が大人になるのを待っていてくれなかった。


暑い夏が終わり、心地いい季節が訪れた。さっきまで雨が降っていたのが嘘みたいに、青空が広がっている。空気は乾き、秋風が心地よかった。澄んだ空気が肺に満ち、木々の葉が錆色《さびいろ》に燃えている。

春一は、数日ぶりに空き地へ向かった。自由に遊べる時間が減ったために、しばらく焼け野原に行くことができなかった。家族や使用人に見張られながら、ずっと勉強をしていた。

「跡取りとしての自覚が足りん」

父はそう言って、春一に相談もなく家庭教師を付けた。おのれの築いた財と地盤を春一に継がせ、政治家にするつもりなのだ。そのために旧帝国大学のどこかへ行かせようとしていた。

「脚本家になりたいなんて言ったら、勘当されるだろうなあ」

春一は雨上がりの道を歩きながら呟き、小さく肩を竦めた。自明のことだった。文士という職業が、軽く見られていた時代のことだ。多くの人間は、物書きなど男子の一生の仕事ではないと思っている。ましてや脚本家である。叱られる以前に、「それは何だ？」と怪訝な顔をされるだろう。

ただ正直に言えば、この時点で春一は、脚本家を職業にしようとまでは思っていない。雪さんのために脚本を書ければ満足だった。政治家になりたいというわけではないが、父に逆らうほどの強い希望も持っていなかった。民主主義の世の中と言っても、日本は世襲で動いている。

そんなことを考えながら歩いていると、いつもの焼け野原に着いた。さっきまで雨が降っていたせいか、空き地には誰もいない。たんぽぽの綿毛が舞っていて、ときどき見かける痩せた茶トラ猫が、退屈そうに空き地の片隅を歩いている。

「ぐずぐず歩いていると、捕まって食われちゃうぞ」

からかうつもりで言ったのだが、猫は、ふみゃあと欠伸をしただけで、こっちを見もしない。

手持ち無沙汰だった。空き地はガランとしていて、焦げた瓦礫くらいしかない。せっかく来たのに、今日の芝居は休みみたいだ。

ただ、それほど意外なことではなかった。雪さんたちは仕事として芝居をやっているわけではないから、焼け野原にやって来ない日もあった。詳しく聞いたわけではないが、雪さんも女工をしているようだ。

仲間になったつもりでいても、しょせんは子どもで、皆の予定を知らなかった。雪さんたちが、どこに住んでいるかさえ知らない。

「ちぇっ」

行儀悪く舌打ちした。雪さんに会えないのが悔しかった。脚本を書くために勉強を始めた、と話そうと思っていたのに。

諦めきれずに、しばらく焼け野原に立っていたが、そのうち飽きてきた。誰もいないのだから、ここにいても仕方がない。家に帰って本でも読もう。

と、踵《きびす》を返しかけたとき、ふいに呼ばれた。

「坊っちゃん」

雪さんの声ではなかった。それでも春一は視線を向けた。ヨレヨレの書生袴《しょせいばかま》をはいて、丸眼鏡をかけた男が空き地の前に立っていた。

丸山《まるやま》だ。三十歳手前くらいで、焼け野原劇団のまとめ役のような存在だった。櫛を一度も通したことがないようなボサボサの蓬髪《ほうはつ》をしていて、売れない文士といった風情の冴《さ》えない容貌をしている。見かけ通り性格も暗く、春一は丸山が笑ったところを見たことがない。疫病神や死神が人間に化けたら、こんな姿になるだろうと思わせる雰囲気があった。春一は、この丸山という男が好きではない。理由は簡単だ。雪さんと仲がよかったからだ。

雪さんは春一のそばには来たことがなかったのに、丸山とはいつも一緒にいる。「丸山さん」「雪」と呼び合い、寄り添うようにしていて、まるで夫婦か恋人同士のように見えた。実際の二人の関係は知らないが、とにかく春一には面白くなかった。

そして、丸山の才能にも嫉妬していた。演技も上手だし、脚本も書く。役者をやりながら優れた脚本を書ける、数少ない人間の一人だ。雪さんのような華はないが、間違いなく天才だった。丸山が舞台に立つと、その場の空気が引き締まり、雪さんたち役者の演技がいっそう輝くのだった。言ってみれば、他人の力を引き出すタイプの天才だ。

しかし、丸山は演技にも脚本にも力を入れていなかった。生活に追われて、それどころではなかったのだ。多額の借金を抱えているという噂もあった。

話したくない相手だが、大人に呼ばれて無視する度胸はない。また、雪さんがどこにいるのかも気になった。

「他の人たちは、いないんですか？」

春一は質問した。雪さんだけでなく、焼け野原劇団の役者たちの姿もなかった。丸山は一人きりだ。

「ええ。いません」

話を切り上げるように話すのは、この男の癖だ。丸山に悪気はないのだろうが、やはりカチンとくる。このまま帰ってしまおうかと思いもしたが、雪さんがどこにいるかだけ聞きたかった。

そんな春一の気持ちを察したのか、丸山がふたたび言った。

「雪はいません」

この世から消えてしまったかのような不吉な口振りだった。春一は、嫌な予感に襲われた。不安で胸が押し潰されそうになった。この時代、死はすぐ近くにあった。人間が簡単に死んでしまう時代だった。

急に重くなった空気の中、さっきの茶トラ猫がまた欠伸をした。

「ふみゃあ」

気の抜けた声だった。猫だけがこの物語の結末を知っていて、退屈しているように見える。猫は、ときどき何もかもを知っているみたいな顔をする。

先の言葉を聞きたいような、聞くのが怖いような気持ちで黙っていると、丸山が言葉を重ねた。

「姫宮雪は、もう、ここには来ません。行ってしまいました。だから、坊っちゃんも来ないほうがいい」

○

「今にして思うと、丸山はいい男だった。わたしみたいな子どもにも気を使ってくれたんだからね」

令和の寂《さび》れた霊園の片隅で、春一はそのころの景色を思い浮かべながら言った。昨日よりも、七十年以上も昔の記憶のほうが鮮明だった。瓦礫の積まれた空き地も、丸山の無愛想な顔もよくおぼえている。

「雪さんは、どこに行ってしまったんでしょうか？」

控え目な声で聞いてきたのは、琴子だった。春一は彼女の演技を――『黒猫食堂の冷めないレシピ』での演技を見たことがあった。脚本家は引退したつもりだが、演劇は好きだった。ましてや、知り合いが出演しているとなれば、一度は見ようと思うのは当然だろう。

舞台で見る琴子は、まるで別人だった。十三歳のときから演劇を見続けてきた春一さえ驚かせる化けっぷりだった。

いや、化けたのではない。役に憑依《ひょうい》されていたのだ。そして舞台を支配していた。琴子が舞台に登場するたびに、観客はざわめき、彼女の姿を目で追いかけ、彼女の台詞を聞き逃さないように耳を傾けた。主役を演じる熊谷の左頰を張ったときには、悲鳴があがった。自分の頰を左手で押さえる観客さえいた。

春一は、舞台に立つ琴子に雪さんの姿を見た。容姿も雰囲気も似ていないのに、なぜか重なってしまう。あんなふうに舞台に立つ雪さんを見たかった、と思ったからかもしれない。

すぐには、返事ができなかった。過去の出来事が春一の口を重くする。ここから先を語るのは辛く、やりきれない気持ちになる。

けれど、自分で話し始めたことだし、物語には結末が必要だ。ハッピーエンドで終わらないとしても——。

「千葉県の内房にあったサナトリウムに入ったんだよ」

春一はそう答えた。すると胸が痛んだ。年老いて枯れてしまったはずの涙が、あふれそうになる。

「結核《けっかく》……だったんですか？」

今度は熊谷に問われ、春一は無言で頷いた。しゃべったら泣いてしまいそうだったからだ。若者の涙は美しいが、年寄りの涙など迷惑なだけだ。だからと言って、その思いを押し殺すことはできない。

サナトリウムとは、長期的な療養をするための施設のことだ。「結核療養所」と訳されることも多い。

結核に有効な治療法が見つからなかった時代、サナトリウムは世界中で結核患者の入院治療を行う役割を担っていた。新鮮な空気と安静が最良の治療法と考えられていたためだ。そのため、空気の良い高原や山間部、海辺など、自然環境に恵まれた地に多くのサナトリウムが建設された。

千葉県内にも、勝浦《かつうら》市にあった国立療養所勝浦病院を始めとする数多くの施設が点在していた。潮風に吹かれる気候が、結核療養に適していると考えられていたのだ。

療養して回復する人間がいなかったわけではないが、戦後間もないころは、結核の治療は困難であり、また致死率も高く、サナトリウムで亡くなってしまうことも多かったという。

「ああ、そうだ。雪さんは結核にかかっていたんだ」

唇を噛み締めるように、春一は答えた。遠い波音と、暑さの残る秋空にこだまするウミネコの鳴き声が聞こえてきた。この霊園は海の近くにあった。丸山から聞いた話を、また心に映し出す。

○

「千葉県には、縁があるみたいね」

内房のサナトリウムに入ることが決まったとき、雪はそう言って、丸山に微笑んで見せた。

丸山と雪は、バラック小屋で夫婦同然の暮らしをしていた。二人とも戦争で家族を失っており、寂しい者同士が身を寄せ合うように惹かれ合った。同じ工場で働いていたこともある。

「縁だなんて……」

丸山の口から苦い声が、こぼれ落ちた。雪は子どものころ、宝塚歌劇団に入りたいという夢を持っていた。一度だけ、親戚に宝塚歌劇団の舞台を見に連れていってもらったことがあり、すっかり魅了されたのだという。ヅカガール（当時のタカラジェンヌの俗称）の真似をして歌ったり踊ったりしながら毎日を過ごした。

しかし、雪の家は裕福でなく、しかも戦争が始まってしまった。宝塚歌劇団に入るどころか、千葉県の軍需工場で働かなければならなくなった。若く健康な男性たちが次々と戦場へ送られた結果、働き手がいなくなり、工場は深刻な人手不足に見舞われた。それを補おうと、独身女性に動員がかけられたのだ。多くの場合、給料はもらえなかったという。

少なくとも雪は一銭も、もらっていない。無償で、手が擦り切れるほどの重労働を課され、心も擦り切れた。

追い打ちをかけるように、雪は千葉空襲の被害に遭っていた。総務省のホームページには、当時の被害がこう書かれている。


太平洋戦争中、千葉市への空襲は数度あったが、米軍が千葉市を目標にした空襲は、昭和20（1945）年6月10日と7月7日（七夕空襲）の2回であった。この空襲で中心市街地の約7割（約231ha）が焼け野原となりました。この2度にわたる空襲により死傷者は1595人、被災戸数8904戸、被災者4万1212人に及んだ。（千葉戦災復興誌より）

この空襲で家族を失い、雪自身も火傷を負った。顔の傷痕は、工場帰りに爆撃に巻き込まれたときのものだった。

結核になったのも無関係ではなかっただろう。体力が衰えれば感染しやすくなる。東京に出てきてからも、雪は貧しい暮らしを強いられていた。それなのに彼女は自分の境遇を恨まなかった。

丸山は招集され、特攻隊としての出撃が決まっていたが、終戦に救われた。命を落とさずに済んだくせに、時代を恨み、国を恨み、死ぬことのできなかった自分を恨んだ。ヒロポンに溺れたこともある。

雪は、そんな丸山に礼を言う。

「丸山さんたちのおかげで、サナトリウムに入ることができます。わたくし、恵まれていますわ。ありがとうございます」

今生の別れのように頭を下げた。焼け野原で芝居をしていた仲間たちがカンパを募り、サナトリウムに入る資金を作ってくれたのだった。貧しい暮らしの中で、精いっぱい仲間を助けようとしたのだ。

足りない分は、丸山が借金をした。たちの悪い連中から借りたことは、雪や仲間たちには黙っていた。

「最後にもう一つだけ、丸山さんにお願いがあります。坊っちゃんに、緑山春一さんに『さよなら』と伝えてください」

雪にそう頼まれた。結核は伝染する病気だから、と彼女は気を使い、春一に近寄らないようにしていたのだった。

丸山は、雪が春一の前では咳《せき》もしなかったことを知っている。

○

突然、別れの言葉を告げられても納得できるものではない。ましてや、雪さん自身から直接聞いたのではないのだから。

けれど、どうすることもできなかった。せめて、お見舞いに行こうとしたが、丸山は首を横に振った。

「行ったところで会えませんよ」

いつもの素っ気ない口調に、胆汁のような苦味が交じっていた。丸山の心に潜む絶望の影を感じた。

絶望の影は、近くにいる者を暗い色に染めようとする。春一は抗《あらが》おうとしたが、そんな気力を奪うような言葉を丸山は続けた。

「誰も会えないんです。わたしも会えなかった」

雪さんの入ったサナトリウムは、外出や面会が厳しく制限される隔離施設だった。籍を入れていなかった丸山は、彼女と会うことができなかったのだ。

何もできない。

会うことも、話すことも。

世界から色が消えた。晴れていたはずの空が、いつの間にか曇っていた。目に映るすべてが鈍色《にびいろ》に見え、心の中まで暗く染まっていく。焼け野原の地面に身体が沈んでいきそうになったときだった。

「ふみゃあ」

気の抜けた猫の欠伸が聞こえた。あの茶トラ猫だ。雪さんがサナトリウムに行ってしまったあとも、変わることなく退屈そうな顔をしている。

ふいに、記憶がよみがえった。鈍色の世界をかき分けるようにして、雪さんの言葉が春一の頭の中で再生された。

大きくなったら、わたくしたちのために脚本を書いてくださいな。もちろん、わたくしが主役じゃなきゃ嫌ですよ。

そうだ。自分は約束した。

脚本を書くと約束したのだから、書かなければならない。雪さんの物語を書かなければならない。

「雪さんが帰ってくるまでに脚本を完成させます」

春一は決心を口にした。結核の恐ろしさは承知していたが、絶対に治らない病ではないのだから、雪さんは帰ってくるに決まっている。

そして、焼け野原の大舞台で、春一の書いた脚本の主役を演じる。冬の星座より輝く演技を見せてくれる。

春一はそう信じた。前を向こうと気持ちを奮い立たせた。だが、気持ちだけで脚本は書けない。このころの春一は脚本を書いたことがなく、書き方さえ知らなかった。

それを教えてくれたのは、大嫌いな丸山だった。彼もまた、雪さんの帰りを待っていた。

「雪がびっくりするような脚本を書きましょう」

丸山は言った。もう焼け野原に来ないほうがいい、と春一に言ったくせに、焚きつけるような台詞を口にしたのだった。明らかに矛盾している。

春一がそのことを指摘すると、丸山は困った顔を見せるでもなく、つまらない理屈を並べた。

「あれは、雪の希望ですから。坊っちゃんに伝えてくれと頼まれたので、お話ししたまでです」

自分の考えは別にあるということだ。こういう男だった。理屈を通したがると言えば聞こえはいいが、相手をするほうは面倒くさい。丸山本人はもっと面倒くさかっただろう。

こうして雪さんのいなくなった焼け野原は、脚本の書き方を教わる青空教室に変わった。

○

「丸山にしても、正式な脚本の書き方を知っていたわけではなかった。どこからか映画や芝居の脚本を手に入れてきて、それを手本にしていたんだ」

霊園のベンチに腰掛け、七十五年後の年老いた春一は言った。嫌いな男のことを話しているのに、不思議と自慢するような口調になった。

若かりしころは遥《はる》か昔のことになり、知人友人たちの大半がこの世から消えた。家族も皆、死んだ。現世を通り過ぎていった。

　とうに忘れてしまった者も多かったが、丸山のことはおぼえていた。あの男から学んだ脚本の書き方を礎に職業とし、どうにか人生を紡いできたからなのかもしれない。

「最初は、雪さんが帰ってくるまでに脚本を書き上げるのが目標だった。それが、いつの間にか、脚本を完成させれば雪さんが帰ってくる、元気になると、そう思うようになっていた」

　だから必死で書いた。寝食を忘れて、家でも書き続けた。勉強しているふりをして、幾晩も徹夜をした。丸山も、そんな春一に付き合ってくれた。

「だが、世の中には報われない努力というものがある」

　遠い昔の出来事なのに、もう終わってしまったことなのに、これから先を話すのが辛かった。櫂も琴子も、熊谷も、それから、ちびさえも黙っている。

　誰もいない砂漠に針を落とすように、春一は物語を語り続ける。悲しい結末を話さなければならない。

「間に合わなかった。脚本が完成するより先に、雪さんが死んでしまった。サナトリウムに入って、わずか半年後のことだった」

雪さんの葬式には出なかった。そんな権利もなければ、たとえ葬式に呼ばれていても他県に行くことはできなかっただろう。結核を患《わずら》って死んだ人間の葬式に行くなど、親が許すはずがなかった。

○

戦中戦後の人の命が軽い時代を生きてきたとはいえ、十三歳の少年にとって、やはり死は遥か遠くにある。ましてや雪さんはまだ若く、半年前まで焼け野原の舞台に立っていたのだから。

春一は、雪さんの死を受け入れられずにいた。死を知ったあとも、焼け野原に何度も足を運んだ。彼女がそこにいるような気がしたのだ。

あの日に聞いた、雪さんの声が頭の奥で響く。

安寿恋しや　ほうやれほ
厨子王恋しや　ほうやれほ
鳥も生あるものなれば

疾う疾う逃げよ　逐わずとも

月日は死者を置き去りにして流れていく。いや、生者こそが置き去りにされているのかもしれない。

人生は、暗くて長いトンネルのようなものだろう。歩いているあいだに灯《あか》りはなく、遠い先にポツンと小さな光が見えるだけだ。その光に向かって、人は歩き続ける。どんな生き方をしても、最後にはそこに辿り着く。終着点はわかっているのだ。

春一は暗いトンネルを歩き続け、大学生になった。入った大学とは無関係の小劇団に所属し、脚本を書いている。そのいくつかは舞台にかけられ、演劇好きのあいだで少しだけ話題になった。

だが、雪さんのために書いた脚本は宙ぶらりんのままだ。完成させるつもりはなかった。戦争で顔に傷を負った女優がさらに病気に取り憑《つ》かれながらも舞台に立ち、満場の喝采を浴びる物語だ。雪さんが死んだ今となっては、ご都合主義過ぎる。悲しすぎる。

また、世の中も変わってしまった。いなくなった人間もたくさんいる。例えば、焼け野原劇団だ。役者たちは焼け野原に来なくなり、そこを根城にしていた茶トラ猫もどこか遠

くへ行ってしまった。瓦礫の山も片づけられ、焼け野原だったころの面影は遠ざかってい
く。
そんな中、春一の他にも焼け野原に取り残された人間はいた。どこにも行けない人間が
いた。丸山だ。
「坊っちゃん、お待たせしました」
そう言いながら、急ぐでもなく焼け野原に歩いてきた。春一は大学の授業をサボって、
三十分も前から丸山を待っていた。
雪さんという眩《まばゆ》い光を失ったあとも、この男との縁は続いていた。脚本の書き方はも
う教わっていないが、ときどき、この焼け野原で顔を合わせた。通りがかると、ぼんやり
と立ち尽くしている陰気な姿があった。
いつもは偶然会うのだが、この日は特別に約束をしていた。二人で雪さんの墓参りに行
くことになっていた。
「もう大丈夫でしょう」と丸山は言った。
春一が親の許しを得ずに他県へ行ける年齢になったという意味なのか、何か別の意味が
あるのかはわからない。
この五年のあいだに、丸山はひどく老けた。まだ四十歳前のはずなのに、頬が痩せこけ、

白髪が目立つようになった。丸眼鏡に書生袴という格好は変わらないが、眼鏡も服もくたびれている。雪さんが生きていたころと同じものを身につけているのかもしれない。そして、丸山は古びた風呂敷包みを抱えるようにして持っていた。

「また痩せましたね。そっちこそ大丈夫なんですか？」

春一が尋ねても、丸山は首を横に振るだけで答えない。春一は、この男が何をして暮らしているのか知らなかった。雪さんと一緒にいたころ勤めていた工場も辞めてしまったらしい。もう芝居もしていないはずだ。

丸山には才能があった。脚本も書けるし、演技もできる。雪さんのような華はなかったが、それを補うほどの器用さがあった。

しかし、丸山は舞台にかかわろうとしなかった。無名のまま、時代の闇に埋もれることを望んでいるように見えた。雪さんのいなくなった世界で輝くことを拒んでいるように見えた。

「では、参りましょう」

言葉少なに言うと、春一に背を向けて、さっさと歩き始めた。今に始まったことではないが、素っ気ない。いつだって会話は弾まず、馬が合うわけでもないのに一緒にいる。こうして二人で他県に出かけて行こうとしている。

春一は肩を竦め、丸山のあとを追いかけた。雪さんの眠る場所を知っているのは、この無口な男だけだ。春一は、墓の正確な場所を聞いていなかった。

内房線そのものは、明治時代から存在していた。明治四十五年に木更津線として蘇我《そが》・姉《あね》ケ崎《さき》間が開業した。路線名にも変遷があり、大正八年には北条線に改称、昭和四年に房総線、昭和八年に房総西線となり、昭和四十七年に現在の内房線となった。

「雪の墓は、周西《すさい》駅から歩いたところにあります」

鉄道に乗る直前に、丸山がそんなふうに言った。のちに君津駅と名前を変える駅である。どうして、雪さんがそこで眠ることになったのかは聞かなかった。あるいは、結核で死んだことと関係しているのかもしれないが、わからない。調べようとさえ思わなかった。

「そうですか」

春一は返事をしたが、それ以上は何も話さなかった。二人は黙りこくって、鉄道に乗った。ディーゼル化される前のことで、蒸気機関車が煤《すす》けた木造客車を牽引《けんいん》していた時代の話だ。

鉄道は混んでいたが、どうにか座ることができた。丸山と並んで座り、流れていく窓の外の景色を見ていた。ここでも、やっぱり何も話さなかった。たぶん、何も話さなかった。

車内での記憶はそこで終わる。遠い昔のことなので忘れてしまったのだろう。次の記憶は、墓場に立っているところだ。

雪さんは、海の町の墓場で眠っていた。小さな墓石は、人々の邪魔にならないように片隅にひっそりと佇んでいる。そしてその表面には、戒名ではなく「姫宮雪」と彫られていた。丸山の手によるものなのか、雪さん自身の遺志によるものなのかはわからない。

ただ、その名前を見た瞬間——墓石に刻まれた雪さんの美しい名前を目にした瞬間、春一の胸が痛んだ。

死んでから五年も経っているのに、今さら雪さんが本当にこの世を去ったのだと実感した。もう二度と会うことはできない、雪さんの演技を見ることもできない、遥か彼方《かなた》へ行ってしまったのだと悟った。初めて死を身近に感じた瞬間だったのかもしれない。

「どうして……」

意味のない言葉が口を突き、双眸《そうぼう》から涙があふれてきた。悲しくて、やりきれなかった。冥福も祈らずに、ただ泣いていた。雪さんのために泣いているのではなく、愛する人を失った自分を憐《あわ》れんでいたのだろう。

人が泣くのは、いつだって自分自身のためだ。置いてきぼりにされた自分が悲しくて、春一は声を立てて泣いた。

その傍らでは、丸山が墓に手を合わせるでもなく、春一に声をかけるでもなく、無言で突っ立っている。

——死は人をして静かならしむ。

芥川龍之介《あくたがわりゅうのすけ》の短編『三つの窓』の一節だ。その言葉を証明するかのように、墓地は静かだった。春一と丸山の他には誰もいない。

春一が泣き止むと、丸山が風呂敷包みを解き、中身を墓石の前に並べ始めた。水筒と三つの湯呑みだった。そのうちの二つは夫婦茶碗《めおとぢゃわん》だ。使い込まれていて、縁が少し欠けている。

「雪はこれが好きだったんです」

丸山はそう呟いてから水筒の蓋を開けて、三つの湯呑みに注ぎ始めた。まだ温かいらしく、湯気が立っている。

粗末な湯呑みに注がれたのは、コーヒーによく似た琥珀色の液体だった。コーヒーとは、香りが違っていた。甘くて優しいにおいがする。

「たんぽぽで作った代用コーヒーです。わたしが作りました」

代用コーヒーとは、コーヒー豆を使わずに、他の材料でコーヒーの風味を模倣した飲み物のことだ。戦時中や戦後の物資不足の時代には、たんぽぽの他に、大豆やふすま、どんぐりなどが代用品として使われていた。

市販されているものもあったが、手軽に買える値段ではなかった。だから、自分で作るのが一般的だった。

たんぽぽコーヒーの作り方は、そう難しくない。たんぽぽの根を掘り出し、乾燥させてから炒って粉にし、煎じて飲む。炒る時間や煎じる時間によって味わいが変わる。各家庭によって工程に違いがあり、同じ味のものはなかった。よく言えば、個性豊かな味が多かった。

「坊っちゃんの口には合わないでしょうが、供養だと思って飲んでやってくださいませんか」

丸山がたんぽぽコーヒーを注いだ湯吞みを差し出してきた。夫婦茶碗ではないほうの湯吞みだった。

「ありがとう」

春一は素直に受け取ったが、これまで代用コーヒーを飲んだことはなかった。家には本物のコーヒーがいつも用意されていて、たんぽぽコーヒーには縁のない生活を送っていた。

初めて手にする代用コーヒーは、何か得体の知れないもののように見えたが、断るつもりはなかった。雪さんの供養になるなら、たとえ泥水でも飲んだだろう。

「いただきます」

口を付けて、春一は驚いた。父は代用コーヒーを毛嫌いしていて、「飲めたもんじゃない」とまで言ったが、丸山の作ったものは美味しかった。

コーヒーのような香ばしさがありながら、苦味は少なくまろやかで上品な口当たりだ。酸味がほとんどないせいだろうか。どこまでも優しく、後味もいい。身体の芯が温かくなってくるような味わいだ。

「……美味しい」

「ええ。意外と美味しいんですよ」

丸山が返事をした。相変わらず無愛想で、あとは何も言わなかった。春一も口を閉じ、雪さんの墓をじっと見ていた。

○

「それが、丸山と会った最後の記憶だ」

苔がむした墓石を見ながら、春一は話し続けた。一緒に東京まで帰ったはずなのに、たんぽぽコーヒーを飲んだあとの記憶がなかった。

「最後の記憶……。それは、もしかして？」

熊谷が、不吉な言葉を口にするように問い返してきた。丸山が死んでしまったと思ったのかもしれない。

「消えてしまったんだよ」

春一は答える。文字通り消えてしまったのだ。焼け野原に行っても彼の姿はなく、二度と会うことはなかった。東京から出ていってしまったのかもしれない。思い浮かんだのは、この内房の町で暮らす丸山の姿だった。想像の中で、丸山は墓守のように暮らしていた。いや、墓守ではない。

「二人で暮らしている姿が思い浮かぶんだ」

そう言いながら、他人が見た夢の話を語っているような気持ちになった。それでもバカげているとは思わない。この歳になると、現実よりも他人の夢のほうが親《ちか》しく思えるときがある。

ただ、その想像は曖昧なものだった。雪さんが生きているということなのか、二人が幽霊になって暮らしているということなのか、設定はあやふやで、春一自身にもはっきりとはわからない。

　この町に来るたびに、二人の姿をさがしてしまう。視線を彷徨わせ、当時の雪さんや丸山と似たような背格好の人間を見つけると、はっとした。追いかけこそしなかったが、他人だとわかるまで視線を外すことができなかった。それは、ここが海の町だからなのかもしれない。

　命あるものは海から生まれ、やがて海に帰っていく。辛く苦しい、けれど幸せな旅を終え、優しい場所に帰っていく。

　家族のいない春一は、自分の死後のために墓を買ってあった。この霊園ではないが、この町で――海のそばで眠るつもりでいる。雪さんのことを思いながら、長い眠りに就くのだろう。

「せっかくのたんぽぽコーヒーが、冷めてしまうな」

　独り言のように呟き、櫂から受け取ったカップに目を落とした。美しい琥珀色の液体から、湯気が空に昇っていく。霊園にいるからだろうか、その湯気が線香の煙のように見えた。

　春一は目を閉じ、たんぽぽコーヒーをゆっくりと味わった。すると、不思議なことに気づいた。あのとき、雪さんの墓の前で丸山からもらった代用コーヒーと同じ味がするのだ。

そんなはずがないのに。七十年前と同じ味のはずがないのに。自分はどうかしている——。

霊園に不似合いな音が聞こえたのは、そう思った瞬間のことだった。

カラン、コロン。


ドアベルの音だった。

それも、なぜかくぐもって聞こえた。

分厚い壁の向こう側から聞こえてくるように思える音だったが、霊園の周囲に建物はない。もちろんドアベルがあるはずもなく、聞こえてくるはずのない音だ。誰かのスマホの音だろうか？

疑問に思いながら目を開くと、世界が変わっていた。櫂も琴子も、熊谷もいなくなり、霊園そのものが消えていたのだ。

〝こ、これは……〟

呟いた自分の声も、くぐもっている。身体《しんたい》の不調を疑ってもいいところだが、それどころではなかった。とんでもないことが起こっていた。

霊園のベンチに座っていたはずなのに、気がつくとあの焼け野原に立っていた。空襲で黒く焼け焦げた瓦礫が、目の前に積み上げられている。忘れようとしても忘れることができない、あの時代――。

春一は、戦後間もないころの世界に迷い込んでいたのだった。

○

深い霧に覆われ、焼け野原の外側はよく見えない。ときどき、前の道を歩いていく人影があったが、顔はわからなかった。ただ真っ白なシルエットが通り過ぎていく。ドライアイスを焚き過ぎた舞台に立っているような心持ちもする。

焼け野原には、誰もいない。年老いた身体を持てあますように、春一だけが立っている。どうすることもできず、無理やり舞台に上げられた素人みたいに立っていると、突然、女性の声が背中のほうから聞こえてきた。さっきまで誰もいなかったはずの焼け野原の真ん中に、人の気配があった。

安寿恋しや　ほうやれほ

厨子王恋しや　ほうやれほ
鳥も生あるものなれば
疾う疾う逃げよ　逐わずとも

あのときに聞いたのと同じ『山椒大夫』の一節だった。朗々とした声だが、やっぱり、くぐもっている。でも、誰の声なのかはわかる。長い歳月を経ようと、忘れることのできない声だった。

春一は振り返り、彼女を見つける。初めて会ったときと同じ顔で、焼け野原の舞台で微笑んでいた。

〝雪さん……〟

呟くように名前を呼ぶと、舞台の真ん中から返事があった。

〝坊っちゃん、久しぶりですね〟

みすぼらしく年老いてしまったというのに、春一のことがわかるのだ。そんなことが嬉しかった。たまらなく嬉しかった。

そして、現れたのは雪さんだけではなかった。二つの小さな生き物が、彼女の背後に座っていた。

〝ふみゃあ〟

〝みゃん〟

茶トラ猫とちびねこ亭の子猫だ。並ぶように座って、こっちを見ている。茶トラ猫はともかく、ちびがここにいる理由がわからない。この時代には存在していなかったはずだ。春一と一緒に紛れ込んだのだろうか？

〝時間がありませんの〟

雪さんが話を進めるように言った。この言葉だけで、何を伝えようとしているのかわかった。もう何年も前のことになるが、ちびねこ亭で七美に言われた台詞を思い出した。


大切な人と一緒にいられる時間は、ほんの一瞬なんです。

思い出ごはんが冷めるまでのあいだしか、一緒にいられませんから。


どうして、そんな話になったのかはわからない。前後の会話を忘れてしまったが、実際にあったことだ。死んでしまった人間と会えるという噂を聞き、七美に質問したのかもしれない。

するとこの状態は思い出ごはんが起こした奇跡なのだろうか？

他に考えようがなかったが、どうにも辻褄《つじつま》が合わない。雪さんと一緒に何かを食べた記憶はなかったし、ちびねこ亭で思い出ごはんを注文したこともなかった。

考えたことが顔に出たのだろうか。口に出して質問したわけではないのに、雪さんが答えた。

〝たんぽぽコーヒーですよ、坊っちゃん。あの人と一緒に飲んでくれたじゃないですか〟

あの人というのは、丸山のことだろう。それくらいの見当はつく。蒸気機関車が煙を吐きながら走っていく、鈍色の風景が思い浮かんだ。冴えない男二人で、雪さんの墓参りに行った。

〝二人とも何もしゃべらないから、ハラハラしちゃいましたよ。あの人ときたら、本当に無愛想で〟

雪さんは、春一と丸山の様子を見ていたようだ。苦笑いを浮かべ、春一に詫《わ》びるような口調で言った。

春一が返事をしようとしたとき、男の声が割り込んできた。

〝無愛想にはしていない。いつも通りだ〟

ふたたび奇跡が起こったのだった。二匹の猫のそばに、丸山が立っていた。相変わらず書生袴を着て、丸眼鏡をかけていた。

丸山の足もとには、湯呑みが三つ置いてあった。雪さんの墓参りに持っていった湯呑みと同じものだ。春一は、湯呑みの縁の欠けた箇所までおぼえている。二つは夫婦茶碗だ。温かいたんぽぽコーヒーが注がれていて、糸のように細い湯気が立っている。見るからに冷めかけていた。

見るともなく、消えかけている湯気を見ていると、また、ちびねこ亭の子猫が鳴いた。

〝みゃん〟

何かを伝えようとする鳴き方だった。猫の言葉などわからないはずなのに、この瞬間だけはわかった。

たんぽぽコーヒーから雪さんに視線を戻し、春一は胸を締め付けられるような苦しさを感じた。

――雪さんが消えかかっていた。

さっきまで普通に立っていた雪さんが、まるでガラス細工の人形のように半透明になっていた。その身体は透き通り、乳白色の濃い霧の合間を縫って空から降り注ぐ光が彼女を通り抜けていく。

〝雪さん――〟

思わず名前を呼んだが、続きの言葉が出てこない。自分の声が届いているかもわからなかった。しかし、雪さんは返事をしてくれた。

〝こうして会えただけでも奇跡なんですよ〟

子どもを諭すような口調だった。それくらいのことは、春一だってわかっている。七十五年も前に死んでしまった人間と会っているのだから。

けれど、納得はできなかった。せっかく再会できたのに、まだ何も話していないのに、別れの時間が訪れようとしているのだ。

嫌だ、別れたくないと駄々をこねて泣きたかったが、年齢が邪魔をした。年老いると、感情をあらわにすることができなくなる。感情を殺して生きていくほうが楽だからだ。このときも、凍った川に落ちた石のように黙りこくった。

何秒間か沈黙があった。そのまま春一が口を開かずにいると、雪さんが改まった口調で切り出した。

〝今日は、坊っちゃんにお願いがあって参りました〟

丁寧な言葉遣いとは裏腹に、怒っているような声でもあった。いつの間にか、雪さんの傍らに丸山が立っていたが、真面目な顔で黙っている。ふたりで春一を責めようとしているようにも見えた。

春一は聞き返した。

〝お願い……？〟

死者が生者に何を頼むというのか？

弔いならしている。墓参りも欠かしていない。だが、雪さんの願いはそんなことではなかった。

〝約束を守ってくださいな〟

きっぱりとした口調で言った。春一は返事ができなかった。何を言われたのかわからなかったからではなく、その反対だ。雪さんが消えかかった姿で問うてくる。

〝忘れてしまったんですか？　脚本ですよ、坊っちゃん〟

ちゃんとおぼえている。そう答えようとしたが、雪さんは、春一に口を挟む隙を与えない。

〝わたくしを主役にした脚本を書いてくださるって、約束しましたよね。いつになったら完成しますの？〟

「大きくなったら、わたくしたちのために脚本を書いてくださいな。もちろん、わたくしが主役じゃなきゃ嫌ですよ」

「わかりました。絶対に書きます」

「それじゃあ、お願いします。わたくし、坊っちゃんの脚本が完成するのを待ってますから」


一言一句おぼえていた。雪さんの表情さえおぼえている。ずっと、ずっと待ってますから。あのとき、雪さんはそう続けた。

〝おぼえているのでしたら、〟

〝坊っちゃんに非はない。さっさと死んでしまった雪が悪い〟

丸山が見かねたように口を挟んだが、雪さんは退かなかった。丸山に言い返しながら、さらに春一を責めた。

〝死のうと生きようと関係ありませんわ。約束は約束です。わたくし、坊っちゃんの脚本が書き上がるのを、ずっと待っているのですよ〟

〝し、しかし……〟

あの脚本の主役は雪さんで、いなくなってしまったのだから完成させる意味はなくなった。春一はしどろもどろにそう返した。けれど、雪さんはやっぱり納得しない。

〝意味のないことなんて、この世にもあの世にもありませんわ〟

きっぱりと言った。少しずつ身体が消えていくにもかかわらず、雪さんの声は力強く、どこまでも通っていく。くぐもった響きの中にも張りがあり、その声は凛《りん》としている。死んでしまった今でも、舞台で映えそうな声をしている。

大きな舞台に立つ雪さんを見たかった。たくさんの観客に、雪さんという才能ある役者を知ってほしかった。

〝だったら、脚本を完成させてくださいな。わたくしを大きな舞台に立たせてくださいな〟

〝完成させても、雪さんはもう……〟

続きの言葉を口にしたくなくて躊躇っていると、雪さんがあっさり言った。

〝ええ。もう、この世には存在しませんわ。だって、わたくし、死んでしまいましたから〟

話しているうちに、また残りの時間が減った。雪さんの姿は、すでにほとんど見えなくなっていた。まるで透明人間としゃべっているみたいな心持ちがした。

丸山の姿も消え、茶トラ猫もどこにいるのかわからない。ちびねこ亭の子猫と三つの湯呑みが、焼け野原に取り残されていた。

何もかもが消えてしまう。

自分だけがこの世界に取り残される。

長生きを「めでたい」と言うけれど、生きている本人は寂しいものだ。人はいずれ死ぬ運命にある。ならば、寂しい思いをしないうちに死んだほうが幸せというものではなかろうか。

暗い気持ちになり、うつむきかけた春一の耳に、これ以上歳を取ることのない雪さんの声が届く。

〝坊っちゃんの脚本が完成したら、わたくしは舞台に立つことができるんです。大きな舞台で、坊っちゃんの考えてくださった台詞を言えるのですわ〟

その言葉に頰を打たれ、目を開かされたような気持ちになった。どうして、今まで気づかなかったのだろう？

舞台を見ているうちに芝居に引き込まれて、自分も舞台に立っているような気持ちになるのは珍しいことではない。役者の演技が上手ければ上手いほど、観客は芝居に引き込まれるものだ。ましてや、この脚本は雪さんの物語である。いや、実際に演者に憑依するつもりでいるのかもしれない。

〝坊っちゃんは、わたくしを舞台に立たせることができる役者をご存じですよね〟

一人いる。役柄に深く入り込み、もともとの性格どころか外見さえも変えてしまう役者を知っていた。春一の脳裏にその役者の顔が思い浮かんだ。彼女なら——二木琴子なら、あるいは雪さんを舞台に立たせることができるかもしれない。

春一の返事も聞かず、雪さんがこれから始まる物語の冒頭を朗読するように話し始めた。

〝わたくし、坊っちゃんが生きているその時代の百年前に生まれたんです〟

七十五年も前に人生が終わっているのに、その声は明るかった。そして、春一を励ますように続ける。

〝百年後の人たちに、焼け野原で芝居をする若者たちがいたことを教えてあげてくださいな。素晴らしい役者がいたことを教えてあげてくださいな〟

それから、最後に付け加えようとした。

〝平和の大切さも——〟

だが、そこで途切れた。録音機のテープが突然切れたような唐突さだった。時間切れだとわかった。奇跡の舞台の幕が下りるときがやって来たのだ。

〝ふみゃあ〟

締まりのない声が聞こえた。姿は見えないが、たぶん茶トラ猫だ。三文芝居には付き合っていられない、と言わんばかりの声だった。

けれど、聞こえたのはそれだけだ。雪さんの声も、丸山の声も消えてしまった。あの世に帰ってしまったのかもしれない。

いつだって、大切な時間は唐突に終わる。覚悟していたが、これでは尻切れトンボだ。春一は、雪さんの気配をさがした。積み上げられた瓦礫を舐《な》めるように視線を動かし、霧の向こう側を見ようと老いた目を眇《すが》めた。しかし、見つけることができない。雪さんはどこにもいない。

分厚い暗幕を下ろしたような絶望感に襲われ、その場に頽《くずお》れそうになった。胸の奥が重く、鉛のように沈んでいく。そのとき、春一の視界に茶ぶち柄の子猫が飛び込んできた。

〝頼む〟

考えるより先に言葉が出た。この小さな猫が、この不思議な世界を司《つかさど》っているように思えたのだ。そうじゃなかったとしても、すがる相手は彼しかいない。春一は懇願する。

〝もう一度だけ、雪さんに会わせてくれ〟

一目でいい。ちゃんと、さよならを言いたかった。ここまでやって来て、突然の別れは悲し過ぎる。

〝お願いだ〟

老いた瞳に涙を滲ませて、すがるように頼むと、ちびねこ亭の子猫が返事をしてくれた。

〝みゃあ〟

そして、しっぽを指揮棒のように振った。それが合図だったのだろう。春一の願いが叶った。

〝別れの挨拶は必要ありません。だって、さよならじゃありませんから〟

姿は見えないが、雪さんの声だった。どこから聞こえてくるのかはわからない。部屋などないのに、隣室から聞こえてくるような気もする。

〝春一さんの脚本が完成したら、舞台でお目にかかれますわ〟

坊っちゃんではなく、ちゃんと名前を呼んでくれた。春一は答える。泣きながら、どこにいるのかわからない雪さんに向かって答える。

〝完成させます。だから、また会ってください〟

〝ええ。その日を待っていますよ〟

それは約束だった。老人と死者との約束だ。老い先短い身だからこそ、破ることはできない。破ったりしたら、あの世で雪さんと顔を合わせられなくなってしまう。

〝そんなに堅く考えなくて大丈夫ですよ。坊っちゃんなら、きっと素晴らしい脚本を書けますよ。だって、わたしの一番弟子なんですから、とんでもない傑作が書けるはずです〟

今度は、丸山の声が聞こえた。珍しく冗談を言ったようだ。雪さんが笑った。仲よく寄り添う二人の姿が見えるようだ。

生きることの辛さや悩み、苦しみから解放されて、好きな人と暮らす雪さんが、丸山が少し羨ましい。若くして死んでしまうことを、かわいそうだと世間の人々は言うが、雪さんと丸山の声は幸せそうだった。

この世に二人はもういないが、いつまでも消えることのない輝きがある。無名のまま死のうと、眩い光を放っている。焼け野原で見た演技は、春一の脳裏に焼きついている。

脚本家である自分は、光を放つことはできない。でも、誰かに光を届けることはできる。雪さんたちの物語を——時代の波に呑まれて死んでいった人々の輝きを伝えることはできる。

多くの人間は、無名のまま人生を終える。誰にも知られないまま、この世から去っていく。惜しまれることもなく、死んでしまう者も少なくない。

しかし、生まれてきたことは、きっと無意味ではない。名を残すことができなくても、楽しい時間や幸せな瞬間があったはずだ。

春一の脳裏には、焼け野原で芝居をする若者たちの姿があった。彼らはこの世界の誰よりも笑っていたし、真冬の星よりも輝いていた。

もう、雪さんの声は聞こえない。丸山の声も聞こえない。茶トラ猫の欠伸も聞こえなくなった。

○

視界を遮《さえぎ》っていた乳白色の霧が次第に晴れていき、九月の風が潮の香りを運んできた。七十五年前の風景が遠のき、世界がもとに戻ろうとしている。内房の町に帰ろうとしている。

春一は、霧とともに消えゆく焼け野原で、涙をぬぐった。

涙を流すことで、人は悲しみを身体の外に出そうとする。そうして忘れてしまえるなら、人生は幸せなのかもしれない。

「いや、不幸か」

そう独りごちる。その声は、もうくぐもっていなかった。しわがれた老人の声に戻っていた。

悲しみのない人生など存在しない。悲しみは常に心の中にあり、人は悲しみとともに歳を取っていく。悲しみを捨てようとすれば、自分の人生そのものを否定しなければならない。

　ただ、悲しみをいったん置いておく場所は必要だ。ずっと抱えたままでは、その重さに潰れてしまう。

　春一は、七十五年ものあいだ、雪さんを失った悲しみを書きかけの脚本の中に閉じ込めていた。閉じ込めたまま、この世から去るつもりでさえいた。自分の人生を捨てようとしていた。それは、同時に焼け野原劇団の役者たちを忘れ去ろうとすることでもあった。

　彼らを忘れてはならない。これ以上、見えない場所に閉じ込めておくことはできない。いったん置いた悲しみを、ふたたび背負うときが訪れたのだ。

　大好きな雪さんと大嫌いな丸山たちの物語を、百年後の人たちに見てもらおう。死んでしまった人々の思いを背負って、百年後の若者たちに――熊谷たちに舞台に立ってもらおう。

「帰って脚本を完成させるか」

　どうすれば帰れるのかは、猫が知っている。この世界に春一を連れて来たのは、きっと茶ぶち柄の子猫だ。

「みゃん」

　ちびが返事をするように鳴き、しっぽをピンと立てた。その瞬間、終戦直後の焼け野原が完全に消え、目の前が真っ暗になった。何も見えないが、この世界の幕が下りたのだとわかった。

やがて、ちびねこ亭のドアベルの音が聞こえてきた。その音は、もう、くぐもっていない。どうしようもなく、くぐもっていなかった。

ちびねこ亭特製レシピ

## たんぽぽコーヒー

作り方

1 たんぽぽの根を採取する。農薬などの心配のないところから入手してください。
2 根についた土をきれいに洗い流し、細かく刻みます。
3 刻んだ根を新聞紙などの上に広げて、日当たりのいい場所でカラカラになるまで乾燥させる。1週間程度が目安でしょうか。面倒なときは、ドライヤーなどをご使用ください。
4 乾燥した根をフライパンで焦がさないように炒める。
5 炒めた根をミルやミキサーで粉末にする。摺《す》り鉢を使っても問題ありません。
6 ティーポットに粉末を入れ、熱湯を注ぐ。好みの濃さでお召しあがりください。

ポイント

蜂蜜や牛乳、豆乳を加えても美味しく飲むことができます。

# 謝辞

『ちびねこ亭の思い出ごはん』のちびは、千葉県君津市の実家で家族として暮らしている猫のちびをモデルにしています。

心ない人間に捨てられてしまったのか、ちびは大怪我を負って死にかけていました。たまたま通りがかった弟が病院に運び、その後、高橋家の一員となりました。それから四半世紀の時が流れ、今年、なんと二十六歳（推定）です。

そのあいだに父、母が他界し、ちびを病院に運んだ弟も死んでしまいました。

私は三人兄弟で、実はもう一人弟がいまして、現在では、その弟がちびと一緒に暮らしています。もともと、ちびは母と仲よしだったので、母が他界したときには『飼い主ロス』に見舞われたそうですが、現在では元気に弟の足を踏んで遊んでいます。疲れきって眠っている弟を、気まぐれに起こすのもちびの仕事です。

ちなみに、ここでは「ちび」と書いていますが、本猫の前では呼び捨てにすることはできず「ちびさん」、もしくは「ちびさま」と呼ばせていただいております。猫というだけで偉いのですが、二十六歳の猫さまを呼び捨てにする度胸はありません。

ちびさま、これからも弟の世話をお願いします。気まぐれに起こしてやってください。

また、『ちびねこ亭の思い出ごはん』は、あなたのおかげで誕生しました。本当にありがとう。

主な参考文献

『内房線　街と鉄道の歴史探訪』山田亮著、メディアパル
『千葉県の鉄道　昭和〜平成の記憶』牧野和人著、アルファベータブックス
『戦時中の日本』歴史ミステリー研究会編、彩図社
『ビジュアル版　終戦直後の日本』歴史ミステリー研究会編、彩図社
『戦中・戦後の暮しの記録』暮しの手帖社
『図説　木更津のあゆみ』木更津市
『軍都千葉と千葉空襲』千葉市立郷土博物館

猫の記憶力については、猫の情報サイト『ねこちゃんホンポ』のコラムを参照しました。

千葉空襲については、総務省や千葉県、千葉市など公共団体のホームページを参考にしました。

なお、本作に登場する人物や事件は、すべて作者の想像によるものであり、実在する人物・猫・団体・場所等とは一切関係ありません。

光文社文庫


文庫書下ろし

ちびねこ亭《てい》の思《おも》い出《で》ごはん　茶《ちゃ》トラ猫《ねこ》とたんぽぽコーヒー

著　者　高《たか》　橋《はし》　由《ゆ》　太《た》

2024年9月20日　初版1刷発行

発行者　三　宅　貴　久
印　刷　萩　原　印　刷
製　本　ナショナル製本

発行所　株式会社　光　文　社
〒112-8011　東京都文京区音羽1-16-6
電話（03）5395-8147　編　集　部
8116　書籍販売部
8125　制　作　部





落丁本・乱丁本は制作部にご連絡くだされば、お取替えいたします。
ISBN978-4-334-10411-5　Printed in Japan





組版　萩原印刷

KOBUNSHA